U0620868

许春夏　卢山　主编

中喜遇白鹤

湖畔诗选（二）

中国文联出版社

http://www.clapnet.cn

图书在版编目（CIP）数据

山中喜遇白鹤：新湖畔诗选（二）/ 许春夏，卢
山主编 . —北京：中国文联出版社，2019.1
ISBN 978-7-5190-4081-9

Ⅰ . ①山… Ⅱ . ①许… ②卢… Ⅲ . ①诗集－中国－
当代 Ⅳ . ①I227

中国版本图书馆 CIP 数据核字 （2018）第286819号

山中喜遇白鹤：新湖畔诗选（二）

主　　编：许春夏　卢　山

出 版 人：朱　庆

终 审 人：朱彦玲　　　　　　复 审 人：郭　锋

责任编辑：刘　旭　　　　　　责任校对：傅泉泽

封面设计：中尚图　　　　　　责任印制：陈　晨

出版发行：中国文联出版社

地　　址：北京市朝阳区农展馆南里10号，100125

电　　话：010-85923043（咨询）85923000（编务）85923020（邮购）

传　　真：010-85923000（总编室），010-85923020（发行部）

网　　址：http://www.clapnet.cn　　http://www.claplus.cn

E － mail：clap@clapnet.cn　　liux@clapnet.cn

印　　刷：北京盛彩捷印刷有限公司

装　　订：北京盛彩捷印刷有限公司

法律顾问：北京市德鸿律师事务所王振勇律师

本书如有破损、缺页、装订错误，请与本社联系调换

开　　本：880×1230　　　　　1/32

字　　数：230千字　　　　　印　　张：11

版　　次：2019年1月第1版　　印　　次：2019年1月第1次印刷

书　　号：ISBN 978-7-5190-4081-9

定　　价：56.00元

湖山的通行证

卢　山

　　山林投奔杭州，西湖升起云烟，生活和写作在这片江南土地上的人是有福的。人文荟萃，吟赏烟霞，我们借此风水宝地集结天下写尽湖山自然之诗，我们也是有福的。

　　开自由之风，向湖山致敬，较之于第一辑的浅薄尝试，《新湖畔诗选》（二）我们开辟了"湖畔声音"和"湖畔译社"等栏目，注重理论和翻译的建设。当然，这本诗选不仅仅包含山水之作，我们还收获了几位小诗人，试图在湖畔种下诗歌的小树。"新湖畔，敢从现代步入后现代吗？"复旦大学海岸教授的质问也是对于我们的一种鼓励和警醒。既然"开自由之风"，那么我们期待更多的声音能汇聚湖畔，合声与独唱相互交融。

　　当然，湖畔从来不缺乏爱情，所以爱情诗也将是诗选最为重要的组成。"爱情是一件生锈的铁器"，"我们曾在彼此的血液里举行婚礼"，每一个人都有他在湖畔的"好妹妹"。湖畔也赐予我们行走和安眠。无论是"宝石山从未如此苍茫过"，亦或"我是江南王朝的末代废主",我们始终"最忆是西湖",所以"我为什么一次次出现在湖畔",更是"要把它们储存起来,那灵魂的部分"。开自由之风,向湖山致敬,湖山是自由的,林间的清风徐来和山峦之上的无限天空,都给我们极大的精神慰藉;但湖山也是有它自己的"潜规则",湖水的波澜,蚂蚁的秩序,晨曦的清规戒律和爱恨情仇,这些都是我们要遵循和服从的。

一个精神侏儒和萎靡之人,在湖水里的倒影出来也必将是灵魂的丑陋模样。湖山赋予我们精神滋养和心灵自由,你看西湖的波浪曾经打湿了苏小小出门踏青的裤脚,也曾漂远了苏东坡醉后的孤独的小酒杯——那我们呢?我们如何来呼应湖山?新诗百年,文化自信只剩下一句"诗和远方"的空洞口号了吗?

这个时代的写作者,湖山向我们发出了历史的召唤。湖山让我们成为诗人,湖山让我们成为自己——那不是"山中喜遇白鹤"的许春夏吗?那不是二十年如一日每个周末都埋首西湖之滨写作的泉子吗?那不是吵着闹着要将自己"在西湖之畔安顿我的形骸和灵魂"的涂国文吗?"是在来到杭州整整十年后,/我才第一次真正走到了湖边。/而在另一个十年之后,/我才得见/西湖沿岸那些在每个春天到来之前/繁华落尽的树木。"(泉子)。湖山的脾气和秉性纷落在湖心亭看雪的张岱的小舟之上,也翻滚在望湖楼醉书的苏东坡的小酒杯里——热衷于到此一游的游客们从未走进真正的西湖。

我工作的单位就坐落在西湖畔的宝石山下,每天早上九点左右，当我端坐在办公室桌子前，打开电脑准备开始一天繁冗工作的时候，就会准时听到从不远处的山上传来的长啸之声，"唉——""唉——"……能够登上湖山晨练漫步之人，何其有福！天门一长啸，万里清风来。湖山抬高了我们的声音，仿佛窗前似乎清风徐来，湖水也荡漾起来了。久在樊笼里，复得返自然。这世间能够在湖山之巅长啸或闲庭信步之人，大抵也是有福的。《新湖畔诗选》就是要采摘这些山水之间的长啸和低吟，压缩进这一本本用云朵和波浪编织的诗选，送给每一个有福之人。

山水是干净的，毕竟人迹罕至；闪电雷鸣之后，湖畔的植物即使狼藉，也丝毫无一丝颓败猥琐之貌；湖畔的诗人也应是如此。世事浮沉颠沛流离之中，清澈的气质和开阔的胸襟是一个真正的写作者行走湖山的通行证。"谢谢这江南的湖山允许我漫步在她的领地／赐予我这如此明亮和辽阔的爱的奖赏"。诗人许春夏说："大半生最美好的事／就是成了湖畔的一株梧桐。"倘若如此，夫复何求。

2018/9/27 杭州宝石山下

目录

第三辑
【湖畔漫步】要把它们储存起来，那灵魂的部分

第六辑
【湖畔译社】请听！一个声音正在靠近

第七辑
【湖畔声音】新湖畔，敢从现代步入后现代吗

第一辑

【湖畔星辰】

宝石山从来没有这样苍茫过

宝石山从来没有这样苍茫过,

在一场大雪的覆盖中,

大地从来没有这样苍茫过,

就像你此刻的心,

就像这悲伤与欢愉

如此浑然地交织……

另一个十年之后（组诗）

泉 子

1973年10月出生，浙江淳安人，著有诗集《雨夜的写作》《与一只鸟分享的时辰》《秘密规则的执行者》《杂事诗》《湖山集》《空无的蜜》等。现居杭州。

壮丽山河

汉语的魅力依然是在源头上的，
是对空无的一种如此殊胜理解，
并终于吐露出
这为你我所见的
壮丽山河。

传说

如果不是世世代代的传说，
这山还是这山，这水还是这水吗？
而一座山，一片水
终究会发明出
那世世代代的传说，

那波澜不惊的水面，

那青山之起伏……

在另一个十年之后

是在来到杭州整整十年后，

我才第一次真正走到了湖边。

而在另一个十年之后，

我才得见

西湖沿岸那些在每个春天到来之前

繁华落尽的树木。

感激

感激这衰败，

感激这枯萎，

感激这正向你迎面走来的死亡

感激你终将赢得的

一次崭新的生命，

感激这由晨光点亮，而在枝头蔓延，

并熊熊燃烧开来的新绿。

致林和靖

梅花开了，雨落下来，
我坐在与你一墙之隔的木亭中，
听风、听雨，
听花开的声音，
听不远处水面上波纹的起与落，
涨与消，
听千年前那对白鹤振翅后
此刻在空中余留的轰鸣。

这雨雾弥漫中的青山

这雨雾弥漫的青山，
这混沌中
生生不息的力
这曾为你所见的
绵绵不绝的人世……

宝石山从来没有这样苍茫过

宝石山从来没有这样苍茫过，
在一场大雪的覆盖中，
大地从来没有这样苍茫过，
就像你此刻的心，
就像这悲伤与欢愉
如此浑然地交织……

在一场大雪过去很久之后

在一场大雪过去很久之后，
只有沿湖亭台的屋瓦
依然是白色的，
而你仿佛突然间回到了
多年之前，
那个你第一次从经文中
品尝到甘醇的薄暮。

白发渐长

头发最难看时是白发渐长
而大雪依然未能将你整个头顶覆盖之时，
就像这深秋的荷塘，
衰败已显而易见，
而枯萎依然枯萎得不够，
而对岸的云亭
依然不得一览无余。

今夜在拱宸桥（组诗）

双　木

1991年生于江西九江，现居杭州。作品见于《诗歌月刊》《草堂》《诗潮》等刊物，曾编有诗歌民刊《火柴》。

向东是大海

1

海水的蓝，是无数个迷醉的替身。
可以是有雨的云，停靠的午间巴士

以及愉悦的水之撞击。亦或是你——
我们亲爱的表妹，从新的语境中来。

2

在陆地的腰身，少年乘船出海，
季风吹来的咸日子，即将在周身

显现，衰老，败退。每一次潮水
的涨落，都将成为他们记忆的回旋。

3

我们的疆域，因大海而扩张。
愉悦没有边界，痛苦变得轻盈。

当大海成为此刻的一切，
雾的线索将引领我们上升。

4

季风提雨而来，观海的人如云团逐渐消退。
而他独坐石阶，望见雨水落在海上，那些

密集的缥缈的波点制造风暴
将他隐身的软肋，逐个击破。

5

海鸟排成阵列穿云而过，我们的音讯
通向自然邮局，远走江海与重山。

那些我们痴迷的飞翔瞬间，也将成为
我们之间许久无法平静的甜蜜风波。

讯　号

给 Irene

雨讯来临，事物都将在雨中
筛选一次。包括沿街的招牌

飞驰的汽车、沉睡的兄弟姐妹
以及我们感受到的疾苦与喜悦。

你也不例外。你那被雨水选中的双肩
在此刻或永远，都已是我眷恋的湖山。

宝石山事件

春光是无穷的语境，
北山街上，每一群人

都是春日的子女。他们
比树木葱郁，比湖水更能

巧妙地折射春的锐度。
而勇敢与欢畅的青年们，

终登宝石山顶，沿细水对坐，
并在光影的重叠中，逐一辨认

句子的秘密，等待永远的兄弟
在身上复活。

长江抒情练习

江面宽阔如巨幕，波纹由远及近
推向抒情的腹地。石桥下的滩涂

不断制造水的叠音，押中心事。
唯有长江知晓，无论桃花盛开与否

我们这一代人，春风一到
便要远离故乡。

礼物
—— 赠友人卢山

潮水向岸边涌来，欢呼声
足以撑破南宋的白色浮舟。

而这一天，人们往返十月的江雾，
准备晚餐、收看节目，聊聊薪水

和八卦新闻，本地小区也将迎来
一批新的异乡人。他们在出租房里

庆祝节日，忙于琐事，反复修剪自己的羽毛，
不断修改家庭住址，并紧紧咬住三十岁的牙关。

清迈小记

此刻，一切比母语更加迟缓。杂货市场逐渐
具有动词的声响。廉价可乐，热带水果以及

骑车迎面而来的少男少女，全部归类于时令
的尤物，全部都是我们十分珍惜的亲切照面。

今夜在拱宸桥

我们都是提灯的人，像闪烁的云
浮于拱宸桥上。今夜新鲜的年龄

正迎上即将入梅的潮热。他们提握新灯，
入咖啡馆，赴语言的峰会，读诗唱曲

每至情深处，肺腑的句子就如一颗
新剥的荔枝，晶莹剔透，并发出迷人的光。

虚拟之诗

日光沿山丘隆起。盘旋。遮断白色岸堤无数。
远处不断闪现的松软滑坡，正消耗我。

正消耗那支足以点燃的春夜。而我的天使
穿过雪白丛林，发出回响，最终隐于虚拟的深谷。

第二辑

【湖畔之诗】

我是江南王朝的末代废主

我只愿做一个永远的废主

怀抱三把独弦琴

任内心的黑暗

在江南五千年的颓废和孤独中

长出一身闪光的木耳

在西湖之畔安顿我的形骸和灵魂（组诗选五）

涂国文

国家二级作家，中国文艺评论家协会会员。著有诗集《子夜时雪落无声》《江南书》等，作品见于《文艺报》《文学报》《文汇报》《民族文学》《安徽文学》等。现供职于浙江某高校杂志社。

在西湖之畔安顿我的形骸和灵魂

好了。就在这里
把我的形骸和灵魂安顿——

把我的悲悯和忧伤
安顿在苏小小和冯小青的年华里
我要弹拨西泠桥这根独弦
抵达落花背后的春天

把我的桀骜和放旷
安顿在林和靖的孤山一片云中
那点燃季节的梅的唳叫与鹤的绽放
是我亲爱的姐妹或兄弟

把我履风的跫音和荒凉的前程

安顿在曼殊半是胭脂半泪痕的袈裟中
安顿在弘一大师交集的悲欣里
我要紧随他们风尘仆仆的背影

把我的青铜剑藏入匣中
安顿在岳飞 于谦 张苍水 秋瑾的遗骨旁
让热血将剑锋焐暖
抵御红尘的锈蚀

把我盛大的才华。
安顿在白堤和苏堤
这唐宋的双管适合抒写我的诗篇
甚至也把我春日的慵懒和冬日的沉醉
安顿在李清照和柳永的婉约里

把我复苏的爱情
安顿在白蛇出没的断桥上
把我失落的家园
安顿在满觉陇的一坛桂花酒中……

秋雪庵

秋雪庵。将秋赶走，将芦花和雁赶走
只留下庵，和雪

把乾隆请来，把书生、红狐和老尼姑
一起请来，用一弯冷月，作为请帖

世道有点污浊，我们将目光抬高一尺
不看世道，只看那高高举起的酒杯

帝王、诗人、书生、狐狸和老尼姑
坐在同一缕酒香上荡秋千

今晚的秋雪庵只有溪、月、美酒与雪
没有贵贱、物种和性别

十八醉鬼在庵前的雪地里躺着、滚着
秋雪庵，跌入一场大雪中，被雪淹死

梅家坞

傍着芭蕉
面对流水
摆下一架古琴　请来一位美人弹奏
最好是一位古典女子
穿旗袍的不要
那从开衩处跑出的白光
与绿犯冲

当然　此时
还必须在山前斜挂一道雨帘
薄薄的 透明的
以遮挡不了彼此的心思为宜

接着我们面对面坐下
下一盘千年的棋局
在楚河汉界
玩一把争夺天下的游戏
你为君我为臣 或者我为君你为臣
我们君臣在自己的江山
恣意妄为

一局终了

一曲未终
我们各自捧起手边那册线装的唐宋
摸一把唐时明月的脸
窃一缕宋朝菊花的体香
并且开怀大笑几声
仿佛两个揩油得手的色狼

之后我们正式进入主题
拎起一只装满清泉的铜壶
搁在红泥小火炉上
然后从各自的胸膛中
掏出早被雾霾薰成上等好炭的肺叶
塞进炉子 生火

一沸时加盐调味
二沸时把春天里的五百户生产的
"诸子·百家"新茶
连同功名利禄 一起投入铜壶
三沸时拎起铜壶

飞流直下
江山如画
美人何在
春秋倒流

我是江南王朝的末代废主

我是江南王朝的末代废主
我只做了三天君王——

第一天千里莺啼
第二天水光潋滟
第三天暗香浮动

第四天大雪纷飞
我向虚无拱手让出我的江山

我遣散百花妃子
让她们回到水湄 回到山坡
回到美和春天
回到大家闺秀或小家碧玉中去
只带着芍药：我忠贞的王后
开始在宋词中的逃亡

我是江南王朝的末代废主
我不期望分封 更无意复国
我将西湖瘦西湖斫成琵琶
将秦淮河斫成胡琴

将苏堤 白堤杨 公堤三根琴弦
装在这三把乐器上

我只愿做一个永远的废主
怀抱三把独弦琴
任内心的黑暗
在江南五千年的颓废和孤独中
长出一身闪光的木耳

没有谁曾把西湖比作砚台

没有谁曾把西湖比作砚台
昨晚我打西湖边走过
忽然想到了这个比喻
我这么一想
立刻就觉得自己变成了一只西湖的墨鼠
裹着一身油亮亮的墨汁
穿过北山街
哧溜一声就蹿上了宝石山

如果西湖是一方砚台
那么新年第一天的阳光就是一张泥金宣纸
宝石山就是一个笔架

而保俶塔则是搁在笔架上的一支笔

把宝石山比作笔架其实是不准确的
它应该是一只笔筒
保俶塔是倒插在这只笔筒里的一支羊毫笔
这支笔在笔筒里插了上千年
落满了白云和钟声

长镜头（外四首）

孙昌建

诗人，作家，中国作协会员。杭州市作家协会副主席。著有诗集《反对》
《杭州呼吸》等。

长镜头

桥上走过一女子
从清晰到模糊
从亭亭绿莲到娉娉红荷

那时我正好经过岳湖
想在曲院舀一碗水喝
没想到醉了

扑通一声跳入西湖
我一直游到雷峰塔上岸
白素贞也不白了

我不知道这是不是做梦
我所梦的一切
都不能逃过法海的监控

断　章

毕竟西湖六月中
一走到湖边
连杨万里都化掉了
到晚上
白堤就是一支棒冰
还没有撸上
舌头就开始舔保俶塔
小犬喘着粗气
乱闻着飘来飘去的柳永
荷花开了
所有的长枪短炮都伸了出来
扑通一声
谁的手机掉进了湖中

上天竺

让一种黄成为老黄
最好的衬托还是茶园
清明时节
雨要一直下到秋天

直到邀桂花来一起喝茶

迎面碰上年轻的尼

加个微信就可聊天了

匆匆赶路的人啊

还有匆匆赶人的落叶

别伤感了，别自拍了

能飞还是飞吧

问题是如何降落下来

飞鸟衔着夕阳

最后停在树枝上面

暴风雪

一个城市温驯已久

如同那个著名的湖泊

人们沉溺于一枝梅花的传说

传说在文澜阁里合上了孤山的月色

呵，暴风雪啊

我想象中的暴风雪

早就掩埋了断桥和昭庆寺

只有雷峰塔还露出一个龟头

是的，他急于要看一眼

保俶啊保俶，在风雪中

会不会酝酿更大的暴风雪

八卦楼

一滴雨从吴山上落下
整个西湖都浪起来了
有大半个杭州都在喝酒
连酒瓶都喝得东倒西歪
一时兴起，撩起衣服的某些部位
吹和被吹，都流出了眼泪
特别是两个男人抱在一起
会让屋顶的猫微微一颤
陶瓷品市场，易碎的夜晚
泥做的男人要烧制多少遍
才可以用来插花和被插
或成为落满灰尘的装饰品
南山以南，隧道复隧道
干了，人到中年的推杯换盏
干了吧，半推半就的年代
代驾再不来，更多的雨
将会从吴山上跳下来
跳下来，是失足的另一种表述
再过一小时，有人洗澡
啪啪啪的，有人跑过御街
她扶着湖边的路灯说"你真坏"
城西的酒吧又打开了一瓶八卦
一只小狗抱着一条裙子
唰的一声，铁闸拉下门的地铁

武林旧事（组诗）

柯　平

作家、诗人。《人民文学》散文奖、《青年文学》散文奖、《中国作家》诗歌奖获得者。现居浙江湖州。

夜宿新新饭店

保俶山的裸臂上　我看见黄金的戒指
镌刻生命与死亡的秘密
昆虫的巢穴，流水的固体之家
石头中最奇妙的石头　你的
结构　就是诗歌的结构

在众多房间里穿行　我想我只是一名过客
懂得现实的危险有多种形式
地毯的陷阱　它的诱惑将一直延伸到
楼梯拐弯　那里
我们的身影将依次消失。

扔下行李　向天空逃亡
戴桂花头盔的杭州
以哲学中最痛苦的姿势看我
而那时自动电梯已载着我隆隆上升。

与小白去怡口乐自助餐厅

鞋子把我们结合在一起
手套又使我们分离
正午时分　我看见一只鸟
在蔬菜汤里淹死

坦克的轮子，装配在餐车上
售票机纸带跳动
我的全部梦想被无情打出
冰花　双色淇淋　和一杯啤酒

食物的消化过程　与感情正好相反
青铜酒器背面
我考察过先祖的庞大食欲
此刻他们坐在面包圈向我们致意

而自助永远只是一种形式
当夜晚降临　烛光将我们带入梦境
谁都需要一双手 度过艰难的时光
跟饥饿作战
直到蛋汤使我们的身体漂浮起来

杭州学士路、酒后倚窗，度过一个客居中的星期天

我们无法面对自己的心灵

只能面对自己的身影

沿学士路向西　西湖春意盎然

游艇在上面来回穿梭

我看见斗争的结果是铁板漂浮

和平年代充满战争　我们的身体内

也充满了雷区

伸向月光的手

触摸到火焰的面庞

机器关键部位　螺钉已经松动

我们又能依赖什么来度过星期天

和接踵而来的夜晚

靠什么站立

不至倒下

当我想到这些

一架飞机从窗口歪歪斜斜起飞。

回忆杭州的烛光茶座

我真佩服那些会享受的杭州人
他们将桌子置于西湖水面
那通常是些两条腿　三条腿的桌子
插着蜡烛
茶杯上有性感的齿痕
超现实主义的
思想秩序　使他们寄居于水域。
背着氧罐下潜到夜晚的深处
饮身体所需要的水。
隔着湖光山色
讨论生活的偶然性　里程与天日。

他们血液里的秘密主人，
他们的文字
丝绸的服饰
全在微微火光里和谐消融。
这对我的想象力是个残酷的考验。
我没有意识到有一卷书已经
在身边打开。
我只是看着他们，神情激越，
像水手之王
站在生锈的锚上眺望海洋。

在杭州国际大厦顶楼看夜景

白昼去了另一个国度。
桂花的城徽　在丝绸与湖水
的无限绵延中，透出隐秘光亮。
歌声里有寺钟和张小泉剪刀的声音。

落叶正在收拾秋天。
我也向黑暗深处投去我的目光
像被废黜的国王
清点从前的疆土。

这是去年的杭州。
治理整顿的国策　即使在国际大厦
客房部的蓝色床单上，
也留下卓有成效的痕迹。
没有一条街道不汹涌社会主义的浪潮
也没有一双眼睛不留恋雷锋的夕照
我深感落后于时代　和革命的精神。
我，一个浪漫的 守旧的 固执的
想在机械内部中寻找玫瑰零件的人
结束了一次闲眺。水光潋滟
我山色空蒙进入了睡眠。

在杭州街头遇雨

在杭州街头遇雨
在灵隐的大雄宝殿上遇雨
在导游小姐脸上
柳浪的啼莺声中
辨认乾道年间的雨痕
在断桥的花朝月夕遇雨
我机械的手撑不开
许仙的雨伞

我一边躲雨，一边寻古访幽
在风波亭内，在秦桧的东窗下
在苏小小的油壁香车傍
鞋尖踢翻七八个朝代
来到解放路上
我在望湖饭店的门厅下耸肩缩背
发际滴下南宋的雨水
挥也挥不尽，擦也擦不干

山中喜遇白鹤（外五首）

许春夏

浙江东阳人。作品曾在《人民日报》《光明日报》《大公报》《星星》《联合报》等报刊发表，《新湖畔诗选》主编，著有诗集、散文集等。

开 蒙

初春之夜
山风吞吐出几丝声线
我捋出其中的一缕
是脚步声

这由远而近的
像一支笔落在纸上的声音
鲜活，应该还提着露水的灯笼
湿漉漉的心情
有了新一天的通行证

只言片语就泄露了身份
我们交换方言
这些早年的小酒铺
有过喑哑的焦虑，但已经打烊

从自己喜欢的摊子里
倒出的一堆闪亮的歌词
与祝愿有关
正被路灯伸出的一双眼睛
借用，开蒙雾岚

天　眼

垂下眼皮
把疲惫的部分翻出来晒晒暖阳
我开始一粒一粒积攒春光
终至金沙成滩

以前我看世界充满虚无
此刻天眼看我充满可爱
我们和解了一回
竹林之旁，轻歌曼舞

朗　诵

祖父在铲除庄稼地杂草时
他说，他听到了
二十里外我在学校里的读书声

我是一阵激动，断定
传递佳音的风
不会就此停留于此
它已拥有让我紧张的张力

我的朗诵不仅来自朗读本身
已经系着家乡的一草一木
懂得天天向星辰致敬

后来，我渐渐感到
我已无需雄才大略
也能够在这个城市生活下去
我本身已是祖父的一个变体

山中喜遇白鹤

山以无数种理由
拥立白鹤为美神
伫立，不语
我不敢摇动内心
距离有多近
都难有狂喜的触摸

这样的相遇还是第一次
并知道它来自哪里
我挪了几步
想让山风呼它跟我回家
它却翅膀缓缓张开
一个没有倒春寒的胸襟

这个双肩下垂的亲人
没有我想象的那种孤单
这是我的一次胜利感
我们没有相谈甚欢
却也捡到了一根它遗落的羽翎
正好我可以为气喘开个良方

光 芒

天上出现万丈光芒。散步的人
顿觉脸上都有光。闪电不是来制造
骇人听闻，是酝酿着喜剧总动员
我从心里翻出小学时的课本
有一句大白话：
跟着太阳走，这是多么正确的事情

飞 絮

许多人认定
这四月的飞絮
是雪的后裔
它的降临
是天在分发忧伤

灰色西湖（外三首）

徐　飞

男，1975年生，安徽五河人，公开发表诗文若干，著有诗集《城市边缘》《菊乡恋歌》，现在杭州打工。

灰色西湖

细雨的呼吸

在湖面哈出雾气

光线偏暗

不适合拍照

偶有雨点亲吻面颊和相机

邂逅灰色修饰的西湖

我爱上这人生的

水墨境遇

"野外十年"诗歌朗诵会

在纯真年代书吧
做一个倾听者真幸福
朗诵者口中吐露的心语
热情洋溢
有一些诗句飘出窗外
碰触灯光，雨丝，竹影
在宝石山腰
激起绵密的回声

夜宿白乐桥

青芝坞，痛饮至凌晨
困意袭来，醉意难消
桂花香里，酷似一场梦游
出租车载着我们
投宿白乐桥226号
诗酒人生，莫若此夜
像蟋蟀歌歇抿翅
我们在一幅题为《白乐人家》的
山水画中，和衣而眠

9月22日，致王净

与你同行，这一天的快乐
值得用诗歌去珍藏和铭记
青春渐行渐远，一个人的中年
依然需要梦的引领
才能抵达未知的秘境
沪杭高铁，和谐号带着我们
暂时甩掉生活的桎梏
穿越江南秋雨淅沥的心跳
我们和西湖撞了个满怀
嘴里念叨着断桥
分不清白堤与苏堤
分不清东南西北
纯真年代书吧的路标
指引我们向上
宝石山的台阶比竹林挑起的暮色
更陡峭
宝石山的台阶我没有细数
但我感觉它应该长过
我气喘吁吁的余生

最忆是西湖（组诗）

达 达

本名：詹黎平，男。浙江省作协会员，杭州市作协理事，淳安县作协副主席兼秘书长。著有诗集《生活史》《混世记》《箱子里点灯》等5部。现居浙江淳安。

三潭印月

每次见到三潭印月

都会恍惚

感觉那就是岁月插进西湖的三只拐脚

在莲藕丛里迈不开轻慢的脚步

湖心亭

那年下雪

乘船到小小的湖心亭

雪花落在湖面上变成湖的一部分

落在湖心亭的堆积成雪被

让人沉静的雪

仿佛长有一张张岱的面孔

但我在湖心亭里并没有见到
张岱这个前世好友

苏堤春晓

好多年前我漫步苏堤
曾听到身体里有春笋拔节的声音
那时杨柳依依，轻风拂面
碰到的每个人
脸上都开一朵朴素单纯的野花
苏堤上，到处都是怀揣春天的人们
如今，大多已成为爷爷和奶奶

平湖秋月

在北山这边
在我记忆深处
在岁月的远山巅
平湖秋月始终像一个梦
镶嵌在某个镜框里
令我失语恍惚
坠入生命的初始记忆

断桥残雪

在断桥残雪
我没有看到断桥
也没有找到残雪
没有看见许仙
也没有遭逢白娘子
我的印象中
只有断桥的半月形桥洞
和西湖中的倒影合璧
那一个完整的圆啊
更令人心安

雷峰夕照

几千年了
夕阳就那样堪堪照下来
雷峰塔就那样赳赳立于人世
传说成为一处风景
雷峰塔下人头攒动
我的仰望也是其中一景

南屏晚钟

而钟声悠扬
人生的困惑永恒
南屏山下
我以晚钟养心

柳浪闻莺

那里的鸟很多
鸟声清脆
那里的杨柳很密
柳叶轻扬
那里的姑娘多情
笑语甜蜜
那里的岁月浪漫
我曾沉醉其间

钱塘江听潮（外四首）

周小波

杭州人，60后，出版过长篇、中篇小说，偶有诗歌发各大报刊。浙江省作协会员，《星河》诗刊编辑。

还掉荣耀

——在宝石山的摩崖石刻上这样写道："在天有荣耀归帝，在地有喜悦和平归人。"

翅膀藏在姓氏里，看似硬朗
欲念更加张狂
我知道天空的颜色是黑色的，虚张声势的黑暗
比空还空，所以
我也只在天黑犯病，孤独会目空一切

消息总是旧得褪色，说：
美国向外太空飞了41年的航海家一号
扭头一看，太阳成了一个小针眼
不再普照万物
地球猥琐成了一粒尘埃
所有的大情小事

都锁定在这粒小小的尘埃里，或者折腾或者消亡

总有后悔的事，雨一样纷纷地落下
打湿了翅膀，盘算着
哪怕是飞到珠峰，把肌肉冻僵
可还是在尘埃里，就像在蚕茧里一样
人类只是一堆宇宙文件

把虚无赶走
把翅膀留下
其实，喜悦与和平就是我们的一对翅膀
孤独的黑色十字架，是灵魂不可弥合的刀口
救赎的事还给上天
假设他在，那就把荣耀全部还给他吧！

梧　桐

领到了一张通行证
子弹一样的通行证，从童年射来

西泠桥苏小小墓的另一头
是过于方正的杜公馆
北边临湖有一棵高大的梧桐树
是有心之作，据说是为孟小冬而种
杜先生想留住这凤凰
他话不多，只想做那棵树

往事如梧桐籽一般坐着自己的方舟
梦里那个女子穿着轻衣薄衫
月亮一样飘过
在湖边撩水濯足，像长着翅膀的鱼
唱着京剧的鱼

孩提时我住过公馆二楼西屋
听过窗外雨打梧桐，敲出旧时的回音
这是一个传世的流氓
一个有爱情的流氓
一个会爱国的流氓

嗜茶
——记西湖龙井明前茶开采

茶的嫩芽是春天的睫毛

昏睡了一个冬季

该醒了，春风是最软的手拨开了锈损的寒冷

神仙们踩着露珠

把一个个小太阳藏进了绿芽中

有了香，有了前清时格格般的优雅和飘逸

坐在露台上，手指套着青瓷杯环细细品尝

没有禅意

却有大山的空灵、涧水的幽深

茶和酒虽都是水性，却一个沾花一个惹草

一个清风明月

一个腾云驾雾

流动的水和妖艳的火暗相媾合

茶叶被一壶热情得以复活，展开了裙裾

让一场相遇

使味蕾敏感得像处女

舌尖的汁液，顷刻搭配成流动的词

嗜茶人，茶就是他的信仰

有个四月在萧山

四月的阳光像是热烈的小情人
让你躲也不是，抱也不是

桃花飞舞
带走或不带走，她都蝴蝶般跟着
只要有风，便有翅膀
念想中的桃色并不桃色
烫一壶酒，先把身体暖得像初恋

曾是越国的边界
月色擦亮了旧时的山河
城河项链般串起了七座古桥
河水清澈，闲舟散漫
柳叶的秋千还是挂不住岁月的偷渡者

那个自带香气的女人赤裸裸
在光秃秃的尘世里动了胎气
指证那个偷渡客
把一场雨的内容，包括雷鸣闪电
放进了她的身体

她叫春，小名叫谷雨

钱塘江听潮

在江边，矮下来的黑和冷勾结
禁锢了所有的风月
没有三弦、没有小鼓的助兴
吟不出钱王射潮挽大弓的气势
可身后的蛙鸣，存入神秘耳蜗的迷骨路

月是涌潮秘密的情人，女神勾引
江水竖起，唱着进行曲
夸张的自白跌痛了诚实的浪花前赴后继
风竖在刀口上，充当英雄的赝品
把春切成一片片哆嗦的修辞

站在江边，你不说话我不说话，听潮水说
寂寞是一件宽大的睡袍
即使喊出你的名字，里面也空荡荡
冷风翅膀歪斜
乌鸦般飞上了星星闪烁的枝杈

生灵物语，小螃蟹横行快跑
卡在石缝里的影子扭着肥臀，等潮钉进去

西湖山语（外一首）

李 未

曾用名歌斐，本名李乐平，1980年出生于陕西宝鸡，早年学医，硕士。作品发表于《中西诗歌》《天津诗人》《陕西诗歌》，合著出版《长安风诗歌十人选》，现居杭州。

西湖山语

山脊流动在孤独里
道别的时候
与冬天一样安静
反向隐匿于冰雪

湖水敞开心扉
接纳天空所有心情
写满星斗
和许多嘈杂的人间

古道守望宇宙
树林梳理着风
每片叶子复制诺言
而我们依然无话可说

山林

星光未曾隐去
破屋依然撑开空间

石洞滴水
它未曾看见溪流

树林无语
为大山展开翅膀

几堆篝火
给表情画上标点

暗处石砌的古道
烙满马蹄

高处有光
四处捉拿影子

纯真年代（外四首）

童天遥

青年诗人。爱好画画，翻译。著有诗集《小孤山》，翻译长篇童话《绿野仙踪》。信奉勇气，信奉美即道德，信奉爱无等差，信奉万物有灵，信奉自由胜于真理。

再寄太平

登上一座从未登过的桥
此际天色正空蒙
看水

太平
从未见真正太平
桥下水声里也找不见了

如暮

游船 古塔 云霞
可这里毕竟是南方
不在一片国土
最切要的地方

南宋的繁华
还在砖瓦里头停着
此刻多么幸福
小孩踢着一棵树

纯真年代

我想你最好还是
不要爱我
不要爱天上石头一样的风筝
不要爱水里云彩一样的鱼
世上的人儿
走在长长的堤上
多么开心
就和你呆呆地出神
说想要爱时一样

春日

蓝尾巴的雀鸟

停在清晨

湿泥嗒嗒的路上

一行诗句

由它踮一踮脚

带往山林

我并无决心

和一座山告别

一只蓝鸟翅下的风

吹走二〇一六年

寻常的一天

野

山里的风好大

水声好大

山里的菩萨也大

只有花朵

开得小小的

爬满整个山坡

坐在西湖的长椅（外三首）

本名王勤郎。作品发表于《诗刊》《星星》《诗选刊》等，出版《海地诗集》。

风吹麦浪

在远方，我写过的麦子
那些浪，汹涌地冲击我的心灵
麦芒刺痛我已经衰老的心

低矮的村庄已不再年轻
只有麦浪跳跃着一浪高过一浪
仿佛那些衰老，只是
行将死亡的躯壳
而麦浪在风的鼓舞下涌向天边

今夜，我又一次写下那片田野
一阵阵风，吹来清香
那熟悉的，透着汗味的清香
我走向这，终将铺满大地
汹涌澎湃的麦浪

坐在西湖的长椅

这一路走来，已黄昏了
我们选一张长椅坐下
湖水映照两张岁月的脸
而心犹如这波浪轻扣爱的堤岸

真快啊，已黄昏了
夕阳慢慢滑落在三潭的倒影里
夕阳回家了，哦，回家
而我们还想再坐一会儿
让湖水的波纹轻轻涌上额头

很多的情话，一句句
融化在深沉湖水的波纹里
化成时光积淀深情的絮语
如水的多情而永不枯竭

黄昏的遐思

在黄昏的时候
草地柔软而有弹性
因此，总会在某个下午
我放松领带，在落日中
让自己独享时光

一只蚂蚁爬上我的额头
它沿着我荒凉的沟壑
一步步悠闲地漫步
我默数它爬行的步数
究竟有多少步，才能
走完我人生沧桑的额川

而有时我的眼睛望着天空
看着云朵在一块块地迁移
仿佛那是茫茫涌动的海
我只是海里的一块黑褐色的礁石

桥西散步记（外二首）

任　轩

1979年生于福建惠安，诗人，大运河文化研究学者。著有诗集《喝到胃痛》《大河无言》等。

桥西散步记

光影暗下去，在石板，在墙缝，

暗下去，暗成梅花、桂花，

暗成绣花鞋、布鞋、细高跟和尖头皮鞋，

暗成棉花糖、冰糖葫芦和麦芽糖。

用来置换的破铜烂铁在某个孩童手里

攒得紧紧，蓝天紧紧攒住白云。

旧报关行和理发店的木板，暗成玻璃，

白炽灯暗成刀、剪、剑和伞扇，雕塑出现，

水滴的球镜中，一个背影在寻找他的故乡。

什么骄傲能接续他的家族脐带？

暗，是最杰出的光明。零散的记忆，

全靠内心的温暖在完整。光影暗下去，

顺拱宸桥台阶而下，暗成启明星，

馄饨和茶，暗成京剧、越剧、小热昏，

暗成一套精确到秒的太极拳或一帖暧昧的中药。

走街串巷的货担和叫卖声暗成河畔书屋，
仓库暗成博物馆。装在珍珠奶茶里的头，
伸出来询问邻座的手机号，这是旅行之乐。
水，滴下来，时间就是石头的反光。
我如往常在这条街上散步。风，
吹着大地，河上机鸣声断断续续。另一端，
纽约时代广场电子大屏幕上，
作为《中国名片》元素
桥西的石头正闪着时代的温暖。

与李白、白居易、苏东坡、但丁在浙江第一码头

没有猿声，没有弹琵琶的姑娘，千堆雪不时还有。
一切看来仍那么旧。那源于旧桥的单相思，
每天仍有人在经验。突如其来之爱，
仿佛烟涛中的信，折磨着临江旅人。
我们从早晨一直等到太阳下山，昔之弃物
已成为时代新宠，还有一些我们未曾见过，
满满的一堆又一堆，在等候过塘。
我们围坐，面对一锅沸腾的水，
没有人不需要借助餐具，祷告只是暂时延缓了
身体中的饿。李白将靴子从长剑上抖下，
"偌大个钱塘江，一剑渡之"。苏东坡环顾一家老小，
又望了望江面，低头不语。

"索性今晚也别走了，老板，加菜！"（白居易）
但丁听不懂这南腔北调的中国话，但他坚信，
他所纠结的，无奈的，李白、白居易、苏东坡
也都面对过，也是我迟早要遇到的。
我们毕生执狂于美，水从高山上下来，
一边融汇一边分裂，女性的服装面料一直在进步，
我们依然如履薄冰，饱受焦虑折磨。
上午开到对岸的船，下午又带回另一拨人货。
一个意念的消失点，亦是另一个意念的起点。
从被拆除的浙江第一码头遗址的早晨，
从修缮中的西兴过塘行和码头，我既是真实的，
又是虚幻的，但曾经，它们都是新的，
在他们写下的那一刻，也在未来许多目光中。

拱宸桥颂

我和它最初的筑造者们拼过一回酒，在桥西
木头酒肆内，座无虚席。我满腹不解：
一堆石头，怎可以如此不讲理——
既向你发出限高令，又允许你的脚
在它们身上踩踏。"悖论往往也是最为严密的逻辑，
方圆百里，这堆石头已然长出自己的广陵散！"
与我较劲的，他也叫任轩，但不写诗
但我不得不承认，他握大铁锤的姿势，

就是一门高深莫测的艺术。我还在以拼酒的速度
思考他的话。边上戏台转眼就成了电影院。
街道中，人力车上的中国人，
也已变成了外国人，又从外国人变成了中国人。
一群群男女在游行，像河边
那些用来造桥的石头，像一张通行证上
不可缺少的红章。我奔出酒肆，直到昨天
收到他们寄来的传单，上面写着："天下
有多少驼背的身体，他们用弯曲
支持了自己的祖国。"自此，拱宸桥又多了一面镜子
一块来自福建的石头。

湖光山色（外四首）

卢　山

1987年生于安徽宿州，青年诗人，诗评家，浙江省作协会员。近年来在《青年作家》《北京文学》《诗歌月刊》《星星》《飞天》等发表作品若干，部分作品入选各类诗歌选本等。印有诗集《三十岁》、评论集《别了，我的抒情少年》等。现居杭州。

湖光山色

（一）

这秋日里湖畔纷纷摇落的叶片
不正是从我们的身体上被剥蚀掉的情欲吗
草木停止生长之处，在水面荡漾的夕阳
再一次接纳了我们永恒的局限性——
暮色里一座日渐深沉的宝石山。

（二）

烈日和雷鸣曾在我的身体上短暂的逗留
像树木和铁塔漫上了宝石山。
这些浮生的行走和劳绩，

我的肤色倒映出夏日的光泽。

喘息的湖畔，盛开着一座虚无主义者的江南。

（三）

终于等到了西湖用这连绵的秋雨
击打着宝石山的脊背。
肌肉劳损和腰椎间盘突出再次光顾一个在夜晚写作的人。
在秋风里日渐松弛的理想主义
也终于从山顶跌落一枚松果。

（四）

夜晚从我的身体上脱落的花瓣
如同从金字塔脱落的黄金碎片。
在连绵的秋雨里逐渐失去一座光芒四射的江山
这忧伤的江南君王，独坐宝石山
夜读《思旧赋》，消沉如一座古旧的铁塔。

（五）

词语的苍白无用之处，我们学习做梦
温习那短暂逗留在爱人唇齿之间的夏日荷风。
秋风疾驰湖山之间，颁布时间的法典。
孤山正襟危坐，在候鸟振翅南飞之前，
紧缩的政策在天空盖上了最后一枚公章。

2018年的雪

下雪的消息像一场娱乐绯闻
登上了办公室的头条
他们伸长脖子向外张望
像窗户上挂着的一串串腊肉和香肠
被皮革大衣切割的脖颈
还残留昨夜的吻痕
隔着厚厚的玻璃看雪
需要一个望远镜吧
热爱雪，却顾忌雪的寒冷
是他们一贯的作风

北风和树林开了一个玩笑
一个急刹车，跌落了几片云朵
雪却被重新推回天空
没捎来只言片语的问候
他们大败而归，重新回到
股市和楼盘的混乱现场
在办公室的关系学里
煮一壶热腾腾的枸杞菊花茶
中央空调榨干了他们身体里的水分
这些陈年干货钻进了手机
在朋友圈里下起了大雪

当雪成为雪时

下雪的时候
我在房间里写几个字
并没有饮酒。美团外卖
消化掉了我青年时代的理想主义

写作和下雪具有同样的意义吗
这些不断膨胀的情欲和胃
开始起义，在这个黄昏
突破了天空的防线

当天空落满白雪时
我应该用写作来呼应这伟大的时辰吗
一生遭逢几场落雪
可以让生命的白更白

是什么力量让树枝折断
提醒我节节败退的脊椎
街道上被大雪覆盖的部分
是否更接近于生活的二维码

楼下此起彼伏的鸣笛声

应和这时代之雪

当雪湿润一把老锁

西湖就打开一场旧梦

在雪地艰难行走的人

隔着玻璃轻轻敲门

我从未走进雪

却受制于它的寒冷

春节西湖行

唯有在这个时刻我得以幸运见识西湖的真容

宝石山上的树木和石头密谋一场关于雨水的会议

它们的聆听者一定是西湖里的鸳鸯

做梦让它们疲惫，不如一个仰泳，溅起的波浪

打湿了苏小小出门踏青的裤脚。雪的来信太长

耽误她放风筝的时间。游山玩水的公子

坐高铁回家过年了。也没有关系，要紧的是

孤山被梅花和飞鸟占领了——

自由本来就是枝繁叶茂的样子。

在她制造的盛大的虚无和空旷中

我应该以热泪回应，成为林间一只不知名的昆虫

一片叶子或者一块石头，成为春天的一部分

谢谢这江南的湖山允许我漫步在她的领地

赐予我这如此明亮和辽阔的爱的奖赏

半屏山观潮
——致余退、沙之塔

我们登上半屏山观潮

黄昏正在写一首悲壮的抒情诗

大海的韵脚优美跳动 亦如

我们年轻时候的脉搏

那从天边奔涌而来的词语

正以狂暴的力量穿透云层和地平面

即将溅起一片热烈的革命美学

——半屏山后退了吗？

我的兄弟，在三十岁的时候

我们已经上了岸。那么在黑暗降临之前

我们是继续站在这里朗诵

给大海上一堂诗歌课

还是退回山坡上，遥远地观望

这些未被驯服的马群和山峦？

鱼腥味传递着大海的气息

禁渔期的小镇居民忙于收割海藻

将一捆捆潮湿的往事晒干

五月的海滨小城 阳光过于强烈

让我们睁不开眼睛，多像一场青春旧梦

还可以回忆，但已看不清真相

谈论诗歌美学，以及那些江湖情谊
我们时而沉默，一会儿又开始惊奇
指向不远处的一朵浪花 一块礁石
是大海吐出的一块硬骨头吗？
多像我们写作时遭遇的一块石头
需要停下来，和它谈一谈人生
一起喝一场皆大欢喜的酒

我们喘着粗气，试图穿越这一片杂乱的黑石滩
以此更靠近蔚蓝的本质和幽暗的深度
兄弟，把石头、塑料泡沫和三十岁
统统抛给大海吧！再给它戴上
市场经济和诗歌美学的口罩
让它反复咀嚼这个盛大的夏天
当潮水终于退去，黄昏像一只
疲倦而优美的大鸟，安歇在一块礁石上
并允许我们靠近这片光辉的羽毛
那些流向沙滩的顽石会被潮水卷走
也会再一次冲向堤岸
这不就是我们的命运吗？
海水在视线里再一次隐退
也一定在我们的身体上留下一些烙印
这些味道嚼起来还是咸的
就像突如其来的泪水
依然有着年轻时代的体温

第三辑

【湖畔漫步】

要把它们储存起来，那灵魂的部分

我绕着柠檬桉踱步，倾听那未知的

降临在我周围的无限——要把它们

储存起来，

那灵魂的部分。

登香山记（外四首）

林宗龙

1988年生于福建福清，作品散见《诗刊》《人民文学》《星星》等刊物，曾获首届"光华诗歌奖"，参加《诗刊》社第31届"青春诗会"，鲁迅文学院31届高研班（诗歌班）学员，已出版诗集《夜行动物》。

登香山记

上山前，一股无序的力量
包裹着树丛间的圆柏。那针叶状的
不是雾气，是谈话间的猎人口吻
我替它感到高兴，像一个水手听到
船离开码头后的汽笛声，
它说这是使命。后来我们沿着一条
弯曲的路向上爬。空气中隐约
闻到的松脂味，越来越像一种惠赠
它接着说道山顶前能发现什么
有一座塔被我们经过了
在一片湖的旁边，一棵巨大的银杏
经过了我们，还有塔下面
埋葬的族人的骨头。
多么徒劳它继续说。一群长尾巴的

红嘴鸟，从半山腰飞了上来，

在叶子稀疏的枝丫短暂地停留

然后突然响起乌鸦的叫声

真的，那凄厉的样子，我们误以为

它是在为此刻的骚动表达仪式

直到下山我们也没有听到过

它的回声，傍晚时分祖先们的鼻息

自然之子

并不呈现什么。湖畔的椿树

倾斜着弯曲的树干。一群黑脑袋的小飞虫，

在树底的灌木丛聚集。

空气中隐约的香气，是哪一种植物

在接受洗礼。

并不急于证明，湖面的波纹

沿着同一方向涌动，好似欢脱的星火，

我绕着柠檬桉踱步，倾听那未知的

降临在我周围的无限 —— 要把它们储存起来，

那灵魂的部分。

闲散录

山中的鸟鸣，在两株木桃之间，
鸡蛋花的树冠，
像掌握了人类的语言，
在微微颤动。

清晨，和妻子说到的无目的，
是池塘边缘的青苔痕迹，
一只活过冬天的蝗虫在上面
爬来爬去。

那短暂，令人敬畏，
又充满露水沾在薄雾里的激动。

在边界找到黑暗前，
兰花丛间的一块鹅卵石，
像只鸵鸟，
斜躺在经验的光里。

哦。妻子的白鹭，
正飞过郊外的香蕉林。

源泉

某个黄昏，看起来
年轻而笨拙，绕着湖畔
来回走动。
一束温柔的光，
从柠檬桉乳色的树皮，
移动到我身上。
她穿过我，爱就这样
形成，松脂的香味
沿着草尖，荡漾到她
穿过我的时刻，
她像在阅读，另一束
反面的光，并持久地
凝视，我从一座白房子
经过，漫无目的，然后是
一棵木棉，并不是
真实所见，它们被两束
相遇的肉体照耀过，
而这些，全是我的源泉。

抵达山顶

到山顶前，辨认一些树：
合欢；相思。更准确一点，
在经过它们时，试着
找到某种边界——处境，
情欲，目的性。在与事物
的确认之中，我们不断
在减少无知，但更大的
无知在形成。比如到山顶时
发现了洞穴，当你把身体
探进去时，在另一空间的
场域，一只蜥蜴，正从
缝隙里钻了出来，这无穷的
界限，多像苜蓿长在了
墓地旁。但远没有结束，
我捡到松果时，并不认为
它是松果，它是无常和虚幻，
是我散落在人间的
一小块肋骨，我要好好
爱护并确认它。

我为什么一次次出现在湖畔（外四首）

灯　灯

女，现居湖北武汉。作品发表于多种诗刊及入选多个选本。曾获《诗选刊》2006年度中国先锋诗歌奖、第二届中国红高粱诗歌奖等。参加诗刊社第28届青春诗会。出版个人诗集《我说嗯》。

静静地……

我和你说到傍晚的云，柿子树

和它们的鸟儿

结束了一天的歌唱，夕阳之下

静静的湖面

野鸭，芦苇，船只……

我和你说到野鸭

把头埋进水中，并没有太多话说，只是

水纹在不断扩大

扩大的水纹

圈住了风中，摇摆的芦苇，而

湖中心，船只一动不动

静静地……

接下来，就会看见暮色

从四周合拢

像我们从不曾描述完整的悲伤，那时

白月亮

从湖面升起，它和它的影子

分别站在我们今夜

梦里和床头

静静地……

进入我们第二天的生活。

寂静

羽毛从湖面升起

越过湖水那样的寂静

我的母亲

在丢失一只贵宾犬后

曾经呵斥它 但现在

它已不在

在蓝色的电话里

陷入长长的寂静……

湖水涌动 我看见羽毛

从湖面升起

鸟的形态 但是没有鸟

很多年了 我们

一直在飞

没有身体，没有翅膀

但我们在飞

很多年了，更老的鸟

在鸟巢里

哪也去不了 但她

看见我们，羽毛在飞

更早的夜里

我的母亲

像我一样凝望羽毛

从湖面上

升起

时光的木楼梯旋转

同一个雪夜

我的母亲

接过外婆手中白色

寂静的

棉手套

她像后来的我一样

凝望着羽毛

从湖面升起——

成为我的女儿，新的寂静……

我为什么一次次出现在湖边

我凝视的东西它从不在

我的凝视里

那些不在的东西 它

一次次

越过湖面，冷一样的空寂

越过十一月水边

房舍，和黄昏时

被晚霞冲淡的炊烟

我又一次站在湖边，倾听湖水拍打

礁石 而礁石沉默

更大的波纹把回声

传送湖中心——

冷一样的空寂 我知道

我凝视的东西 它

从不在我的凝视里

喜鹊在叫现在

它在哪儿，猫头鹰在叫现在

渔夫回到家中留下

木船

在水上摇摆——

更晚些

我将和拴着它的绳子而
我的嗓音
将顺着绳子抵达树木
和它的根部。

在别处

再次跃起又再次落进
渔网的鱼 后来
在湖堤上，水泥地
它扭动
挣扎，它把痛苦
给了我的眼睛 而我把
眼睛
给了别处——

在别处。
波浪之间，没有推土机 没有
长江深深地
涡流没有
运沙船找不到港口靠岸
我的心中没有一把
沉默的竖琴

在别处

波浪如音符。光的五线谱。

我的眼睛穿过

长长

水的黑暗之门 我的睫毛

跳跃如鸟翅

它闪动——

昨天。今夜。

以及

那看不见的星辰……

给你

（一）

就像你不在这里，我依然看见你
就像我看见你
我还在想你，布谷叫着，一声平，二声拐弯
第三声
整个湖面被提起，金色的光芒
在万物身上生长
我在光的中心，温暖的中心
我在你注视之下
展开蝴蝶的双翼，整个秋天微微颤动

（二）

我去不了更远的地方，我的心
比我的脚步更快
我的心，从一株水边的植物
跃起，向着湖的对岸
一直到看不见的边际
茫茫的雾气，我的问询被我的脚步覆盖
我从未曾看见真理，但我

看见你，就像我看见长江汹涌，但
湖水柔软：
你端坐漩涡之上
端坐，水纹之上

（三）

我原谅自己软弱，我原谅
自己，太多时候
喉咙里，飞不出的鸟
我生病，发烧
我犯下的错，已逐一得到宽恕：
抬头时
我看见了月亮，它顺势
递给我一粒白色药丸

（四）

一个人的时候
我想起你，我的掌纹
汇聚了昨日和明天
暗流在明亮处，明亮处
寂静的风
小鹿的四肢跳跃：
它多么奔放呀，牵出我久违的森林……

湖边即景（组诗）

梁雪波

1973年3月生。诗歌、随笔、评论等作品发表于国内各大文学刊物，被收入"21世纪中国文学大系""年度最佳诗歌""年度新诗排行榜"等数十种诗歌选本。出版个人诗集《午夜的断刀》。现居南京。

词语里的人

这是旧年的最后一口酒。

往事纷错，飞矢痛饮花朵。

这也是舌尖上燃烧的第一束火焰

——淑亮之心

在无雪的湖岸加速，

像从阅读中漏网的一尾古典之鱼，

我在鱼腹中更新着发音，

犹如阵阵厉风剥着它的鳞片，

剥着阳光下的餐盘。

记忆向湖心之吻更深地陷落。

我茫然如岸，

如岸边的斜柳，如柳枝

猛力抽打一个困在词语里的人。

我步入林中

一场冬雨过后，我步入林中
松针挂着雨滴，蜡梅垂下花蕊
阵阵微风将远山的雾岚吹送
我敞开，不仅仅用肺
我像光裸的树枝细密地吮吸着天空

我为树皮上的眼睛、穿过树身的铁丝
留影，我钟情于奇形怪状的树瘤
钟情于万物中蕴藏的痛苦的奥秘
在齐整的水杉林，我的敬畏高过了寒星
笔直的事物令人不敢出声

我深入林中，不只为双脚感受泥泞
树顶传出的笃笃声，是对寂静的另一种回应
我看见黄雀、白头鹎，看见一只乌鸫
飞向另一只乌鸫
我追踪鸟鸣，却撞见一个吹口哨的男人

就这样，我步入林中，携着
雨水、松针和疤痕
我已爱不够，这花朵、疾病和乳头

拟古篇

转弯处，青草嗞嗞地冒出土坡，我听到
阳光穿透山石的孔洞
鸟鸣化开薄冰
我听到白发的喘息，斑驳的城墙
吐出沉淤几世纪的血气
我听到轰鸣的机翼，飞过
昭明太子的精舍
大地的皮肤扬起碎玉的皱褶

我用耳朵临摹远山、烟柳、湖心的玄冥
像乌鸫在高枝悬起一盏灯
屈动的骨节滑过圆石，指尖微凉的清晨
滑过幽闭于低音部的白桦林
我蘸满湖水的书写正从树影逸出
满世界的词，在阳光中
升腾着热气

南方的雨

雨，在南方的七月弹了一夜
我从梦中醒来，虚执空杯

呼吸沉入黑暗，堆积的书
还保持着纸的厚度和词的秘密

屋外传来的蛙鸣
持续而急促，像一封记忆的电报

对应于陈旧时光的孤悬的雨滴
不知何时弄湿了耳际

其实什么也听不清：车站、梦呓、树的眼睛
其实一场七月的雨

只是滑过黑色琴键的微凉的指痕
切近内心气候的玻璃碎片

在雨中一切都慢下来了
低鸣的货船，皇帝的呵斥，与时间的白骨

在雨的褶皱里年幼的马仍在熟睡
在渐起的鸟鸣中

他朝我的脸喷着热气
他翘起的足尖嵌着昨夜轰响的泥

穿越象山

穿过象山的时候，我以为是梦
一个紫色的梦，或者关于梦的解释

我梦见麦地、棉花、苦涩的夏天
我梦见一只巨象正在穿越我的身体

而由象所集聚的石头
使一个阴沉的下午陷入深深的混沌

石头需要坚硬来支撑想象
正如我身体里的采石场需要一吨炸药

然而是否红象已步出棋局
是否有一颗头颅还卡在动物园的栅栏里

是否脑袋应该像滚动的石子

咬住冒烟的车尾，紧紧追赶那飘荡的梦

对于象山而言，石头是不重要的
命名是不重要的，雷管可能因天气受潮

飞鸟、夏天、热情的废铁，以及
生活的开颅术，都可以省略掉

省不掉的是，当我穿过象山的时候
什么在穿过石头、敌人、采石场的野菊

和谁在途中相遇，并在那交错的泪光中
撞碎一头猛兽庞然的幻影

湖边即景

一支粗笔书写晨曦
潦草的一天，光芒中升起龙形虎迹

舞动的手划出粼粼波光，整齐
而湖水已不是涌自秋天的心

旧门新漆，道路松软犹如乐曲
斑驳的喉咙穿过树影

层叠的灰砖一再将粗粝拔高
高过鹊尾的，是谁释放的彩色的鹰

藤蔓还抠着石缝向上伸展
两株银杏早已迫不及待，吐出黄金

无情的又岂止是细柳
一群麻雀在水杉枝头热烈交谈

比半导体婉转，比微风抒情
什么样的散步能踏出一块寂静的空地

什么样的晨曦能将一个人占有
像湖水注满一支笔

远山苍翠依旧，如静卧浮云的青狮
湖面上一只野鸭独自逡巡

这潦草的晨曦，和爱情多么相似
美好的事物始于一次出神的凝视

湖光（组诗选七）

芦苇岸

土家族。在《人民文学》《民族文学》《中国作家》《十月》等发表作品若干；有诗集《芦苇岸诗选》《坐在自己面前》《带我去远方》等三部和诗歌评论集《多重语境的精神漫游》《当代诗本论》两部。现居浙江嘉兴。

荡漾

南风在忙着，修葺云朵的栅栏。日子
在远远的天际线运行，以自己的方式

云朵，游移不定，徘徊在湖天之间
它们懂得，我的所想，和我内心的荡漾
载着怎样的烟波，以及孤独的力量

有那么一瞬，我被一阵悸动带离尘土
飞天的感觉，久违的神祇的幻影
镂刻湖水的细纹，满眼幽冥、平静
晨兴起颂，打开一个澄明的世界

我沉醉于对自己的一再重读，每次翻阅
都为接近真理，在经验抵达的途中

驱动自省的向往，完备湖光的承纳

爱惜生命的羽毛，濯洗灵魂的积垢
盛大的湖，古老的光芒
照彻一个俗人内心的黑暗，照亮我
血液里的褶皱，连同暮云般的心跳

执着荡漾在眼眸里的，比热泪伟大
因为心中有湖，有光，有此在的无限

良辰

仿佛要切换到让阳光穿透尘埃的模式
一觉醒来，太阳依旧高悬，在榉树
高茂的枝丫间，白刃的光线，割开了
天空：细碎，像湖光照彻的鳞浪

没有一次确幸可以虚度。翻开书页
定格在昨夜的月光里，原木桌上
油灯的芯，已经止住了火焰的冲动
但火光还在，妖娆于时间的暗面

白昼如此漫长，湖畔，森林盛大
节气徐缓而无声，那些精明的小动物
静静地躲在暗处，眼珠黑亮生光

一阵风喊醒我，它从湖心小岛吹来
腥味盛烈，在我皱纹里兑换汗液

在湖畔行吟！像对着宽阔抒情
窗敞亮，门行草一般，开着；花也
开着，很书生的样子，神闲气定

蜂飞蝶舞。光照见我自己。浩荡鱼群
游进心里。喧嚣失语。没有假设

蚁群

蚂蚁们卷着的风暴，眨眼间就在岸上
下雨……滩涂的野花，开得热烈
仿佛待嫁的女子，饱满得势不可挡

它们的路径里流淌着潮水的湛蓝
石缝间，留下证据，留下一场抉择
此岸与彼岸，隔着一群蚂蚁的距离

甚至，一棵水草丈量过的时间
也被远方的湿气，留在了眼前
有时候，目光就得短浅，就得像
草根扎进地里，缝合光辉的岁月

先是一只工蚁爬上树，在巢穴安顿
然后雨就停了下来，地上松叶沉落
盖住了湖光散逸的线路，旷野安宁

众多的工蚁在来路上，心无旁骛
它们的血液里存储着时间的细盐
那些被它们搬运的事物，安详、本分

一如因果福报，找到了先验的场景
我默视它们给大地布道黑色闪电

锦书

我在信中说，湖水有着足够的耐心
它先于人，先于梦幻
打开了未知世界的神秘，和心境
可能的形态，自由博大，湖光空灵

来吧，我的眼光已将湖水邮寄给你
现正随小溪翻山越岭，在来路上
我是其中的一尾鱼，洄游在乡愁里

如果讲述可让一场热爱加深因果
我愿意一直进行到底，在上游思考

在下游把流经地表的雨水收集
然后，在湖中存放远方和它的形状

接受月光的访问，在夜里的薄雾下
草木香气弥散，在湖面起伏，回荡
接受时间的盘诘，在鱼鳞的细纹里
止住浮生的心慌意乱，止住轻佻

夜色如水，我在湖边搭台，蘸月光
写下一个俗人涌自心底的微澜
却始终无法平息接续下一行的迟疑

五月

五月，雨水高阔，沃野圣光照临
浅水湾的谷穗，浩瀚起伏，随风盈动
蚂蚱像丰收了的农人，止不住乐

紫云英的故乡，渐渐褪去花色
青黛的凝重，开始漫灌湖畔的洼地

像一丛荠菜一样诉说生长的欢悦
像一片月见草一样赞美时间的忧伤

从湖面吹来的风，漫无目的

那绽放的湖水，像乡音里的大地飞歌
而随身携带的湖泊，熠熠闪光
任我信马由缰，如相忘于开阔的哲思

孢子植物隐忍，裸子植物高调
被子植物们入乡随俗，紧跟进化论
在湖畔组成强大的隐喻，它们
从不排斥我，予我以陪伴的快乐

五月的日历记录着：每天，我都被
草木的琐碎包围，像度化阳光于风中
像雨水，恩惠宽心圣洁的原野

林间

午间的阳光小跑着，在林中小道
驱赶腐烂的叶子，它们离开了树身
就肆无忌惮，借光斑掩盖没落的旧迹

高处的天空，被锐意的枝条分割
只有风声勤恳地擦拭着广阔的蔚蓝

我活在自己的视野，不和狂放的新枝
争抢高低，任林荫纷披在肩
驱走内心的燥热。那些唧唧的雀鸟
在枝丫间流连，嘲笑我晦暗不明

有那么一阵，我怀疑整座森林
就是一个预谋，每棵树都按陷阱的
模式，吞噬一切，消化一切

那些微风，那些花，那些不安分的
生物……在沉寂中，在万有中

我终于知道，我只能在一片腐叶下
静候神明。苍天，只有在碧空万里
或者乌云密布时，才会用阳光或雨水
记住被我阅读的这片自在的森林

湖畔

漫长的雨季就要来了，花开有声
而后，绿叶赓续旷野的生机
精明的事物忙着往高处迁移
像音阶升高：草丛、灌木、阔叶林

大树都保持着与湖光守望的姿态
往上，是顶戴星辰的树梢，再往上
狡黠地，随晃动树叶的风笑个不停

孤独的云朵让天空蓝得一丝不苟

仿佛大声喊，那蓝，就会散落湖中

日影迟迟，阳光收起飞翔在原野的
翅膀，天边的积雨云，逡巡于湖空

那些前来探路的云朵，降低身段
树上的一切被风摇落，湖里的生物
从浅滩往深处调动，黑压压的
一湖深墨，如赶考书生洗砚的池水

该来的必来，晴雨分隔的两个世界
在把我验证：一半混沌，一半澄明

夜访七曲山大庙（外五首）

育　邦

1976年生。从事诗歌、小说、文论的写作。著有小说集《再见，甲壳虫》《少年游》，文学随笔集《潜行者》《附庸风雅》。著有诗集《体内的战争》《忆故人》。现居南京。

卢舍那大佛
——呈风华、臧北、苏野

我们有一座秘密花园
长满了命运各异的玫瑰

来历不明的山峰
成为一座座信仰的棺椁

来历不明的星辰
走散在寥廓的夜晚

时间毫不留情地殄灭帝国
同时留下伟大作品来证明

帝国的情人伫立在龙门山

绚烂的玫瑰死于红斑狼疮

伊河匆匆，从历史深处汩汩流出
倒映着少女瞳孔中羞赧的微光

当我们爱上一块巨大的石头
轮回而至的命运与从天而降的黑暗就将我们团团围住

南田生活指南
—— 过刘基故里

当山樱花开满山涧时
他把权柄遗弃在人群中
回到南田，栖迟故里
他守着他的三亩茶园
晒着太阳，一坐就是半天
他目送夕阳西下
迎接下山的牛羊
在他的内心
—— 最偏僻的角落
他依然保存着春天
并不需要探寻

夜晚来临

他就站在山坡上
与蝙蝠交谈——
相诉黑暗以及他们各自迥异的一生
而星辰从未止息
一直在运动
交换着位置和自身的秘密
而他们
全然不知

不知迷路为花开
——谒李义山墓园

帝国的夕阳
远离炎热与骄躁
必然地获取了清凉自在
照映在回乡的阡陌之上
那些走向成熟的麦穗低头不语
那些打碗花摒弃自艾，悄然绽放
暮春的知了肆意鸣奏
根本不理会时代的忧伤

爱如流水，恨似浮云
它们不及饱含死亡的尘土
沉重，而又深远

在幽深的时光中

我们迷路

却又看不见花开

从空碧的山中归来

暮色已浸染白发

衣服携带着雨水与虚籁

天地之间，一叶扁舟飘摇隐现

梦醒时分

我们抵达了家族墓地

抵达了生命与泥土最密切关系的核心之中

请告诉人们

人类的一个微弱缩影 —— 紫薇郎

在此沉睡

请不要把他从梦中唤醒

仙湖

—— 追和阿翔、吕布布，兼致湘南、余丛

山门紧闭，桉树静立

我们逡巡在弘法寺前

未及迟疑

就接受了夜的馈赠

—— 微薄的施舍供养我们日益缩小的敬畏之心

树丛之外是黑暗的深渊

湖水，这世界的隐秘部分

恪守着生活的日常规则

盈虚交替，广袤而隐蔽

我们继续徒步向前

就从山上折回

看不到此岸

也看不到彼岸

拟古

—— 访常熟破山寺

破山寺慵懒

平卧在山涧旁

滚滚红尘中，越发孤傲冷艳

草木泉壑间，如山歌般质朴

它的静默存在

铺陈为散淡底色

凸显出时代喧嚣

万籁此俱寂

蝉鸣唤醒了光阴的脚步

在这敞开的时刻

所有的秘密都隐蔽在寡淡的门脸之后

即便经历如此多的日出日落
人们还是游移不定
他们总是没完没了地穿新衣戴新帽
而从不知晓也不愿知晓——
流水会带走所有落叶
强行报复你获取的种种成功
相反，尘土会下沉
给予一切失败者以永恒的奖赏

抒情的上塘河（外五首）

北　鱼

1983年生于浙江洞头，青年诗人，出版诗集《蓝白相见》等。与诗人卢山等发起创建杭州诗青年。

抒情的上塘河

在善贤社区东门甬道
我发现了大运河的前世
这江南的细腰，私藏了
少女抚水的细节
远行的翻坝声中，有她的
父亲，哥哥，和
书卷中复咏的部分

初醒于秦，枕梦以隋
更世于元末，安居在新时代的
杭城之北。我无法确定
她是在等待历史的委任书
还是在静守南方，抒情的领地

桃源即兴

这是一群住宅楼的统称
我看出了它的心虚
但它的善意更加明显
无论如何，不能曲解了春风的本意

有一次，细枝吓唬了淘气的嫩屁股
但植物不会长成一把凶器
也不能就此篡改为教唆的工具
谁不想活得更安分些

有些人走在纸的另一面
像住在桃源里的世界和平
我们也常说，人类在创造更高文明
使劲往好的写呀，干吗用笔捅个窟窿

三十五岁，或惊蛰日

我声明：拒绝惊喜
对惊慌只能报以歉意
我可能准备不仔细
但一定是熟练而有质量的

不要给我暗示
明说的话里不要有针或者胶水
我的生命并不陡峭
别人的山峰未必是我的抵达之地

我尊重每一个行路者
反对一切不劳而获和劳无所得
我几乎不闯红灯
对开车的人报以同样尊重

我开始和爱人谈论人生价值
对牺牲投以更多的敬意
对破坏者的憎恨与日俱增
这是十五年一遇的统一

我们决定主动压缩交际

不喜欢的人示以谅解和不热情
挤一挤时间，让挚友离我们近些
让家庭在祖国心脏里无限精细

我们对历史报以唏嘘
但总能从家庭的过往里
做出今后的决定
我们宣布：核心是五岁的小顽皮

你看野花开多灿烂

比春困更使人发愁的
是反复割平的胡子
一个男人固定的后半生
约等于自足的开幕式

那些星蓝的婆婆纳
正忙于将草地运往大海
拍岸即死的浪花正在打包
一份强大的礼物

而镜中装满的是
虚胖的办公室造型
我知道这样的比喻无意义
我也知道这是一种日常

私人时光

这万众之河，此刻
正被我独自浏览
不知名的鸟飞过世界遗产
无限时光，留给我羽毛一片

晚风差一点将我掀翻
在旧事的私运码头
搬运工撬开一件新货
夕阳牌水果糖，使用前请搅拌

我支付了几块碎黄金
在树荫下，写一封流水的信

与草木交谈

步行至诗外。途中
误入余晖下草木的交谈

夏蝉被拒绝。呼吸
才是这场聚会的通用语言

绿柳轻举手，微风
扶着她，站到水中间

她低首默读，独木舟
逆流而上的迎亲记

她倾身来问，诗中
娶了哪一世少女

我藏在良渚路牌后窃听
光的主持人揪出了我的长影

折叠而老旧的问题，不宜硬拆
我唯有，向曾经辜负的山水致歉

山水相对论（组诗选六）

李郁葱

1971年生。中国作家协会会员。1990年前后开始创作，出版诗集《此一时彼一时》《浮世绘》等多部。现居杭州。

田园诗

我们压根儿就没考虑过要在此长住
尽管它是美的，像一张明信片
意外的问候，和拜访中的窗口，它
被打扰的村庄，如果向下抓住我们的山中
是远飞的鸟、苏醒的树林、穿梭的风
或者如那些不告而别的影子
我问候这陌生的山水，它是否塑造
我们灵魂中被渗漏了的形状？

总有那一洼浅溪带给我们惊叹
当天空走入这明亮，多少的俯视
但小的能否真成为美，闲能否成为
新腔调？一个佝偻的人
能够吐出中气里的堂堂皇皇吗？
延迟的班车，余生里的瞌睡

我熟稔于晚睡晚起，有人却闻鸡起舞
好吧，无非从一个梦走入另一个

饮一抹山色，狐仙和树精
都被约束在浓荫深处，那里天雷滚滚
如果云也成精，变幻，就是变坏或好
觊觎于这造化，有人摸着了虚无
却被下午的沉重所勾引：没有了妖
遥迢需要一脚油门，但万水千山
一袭新衣撑起一只旧鬼，看见
软弱的时代里，山水的傀儡就是大师

向田园致敬，比如远远飞起的斑鸠
增厚这地域的寂静，有时候，寂静就是孤独
像有些人愿意躬耕，成为一个符号
而我们情愿把自己缩小到远方
我们越小，远方越辽阔。如果万物寂寂如初
车轮滚过了小水坑，时速让积水勃起
它飞溅的激情，却惊吓了踱步的鸡鸭
这一片刻，我愿意鸡同鸭讲，好好

允诺之夜

风分开草木，风分开岩石，风
也分开溪水和我们，在浩荡的夜空里
它把人间分成了黑和白，分成了
哀伤和幸福，它这样吹，低沉的呜咽中
我们要求着幸福，它却吹来了哀伤
为那些缺席的人，那些被时间漏下的光
像是弓起了背的夜晚，在孤单的叫声中
最深的夜晚被猫所推敲：谁知道那些平常的诞生
他们改变着夜晚的深度，犹如梦
衡量一个夜晚的重量，甜蜜的梦、破碎的梦
所有被束缚的时间所释放的
带给我们一个平常的周末，那归于尘土的名字
起源于此。我们瞻仰，指点，一声叹息
一座被废弃的学堂的浓荫下，我们学习
迟缓之物带来的智慧：有一刻，我们随风远游
兄弟，沿着那些草木、岩石、街道和溪流
我们的一生出于对风的模仿，邂逅
成为一种允诺：附身于那只雄鸡的昂首阔步
晨光微现之际的引吭，生物钟的指引
我们以为在放歌，但随即消融于连绵的风中
即不是黑，也不是白，就是那剩下的嗽嗽声

植物命名考

得以叫出其中的几种，也许
是错的，但一直以来我们都在命名
归类、统计，找到它们的声音
酸甜苦辣，当它们的根相互纠缠
我们从叶片的摇曳里梳理出它们
像是梦幻的光，如果平常的事物
突然变得晦涩，这些植物
有着动物般的速度
扩大它们的疆域：以自己的方式
抖落压了一夜的黑暗
以瑟瑟的颤动，传递着
微小的喜悦和恐惧，从我身边的一株
传染到这整个的山谷
又散开到我们视力所及之处
这看到的世界都是真实的，
采摘下的果实也是真实的，
雀鸟们比我们了解
它们啄食、果腹，但从不思考
雀鸟们如此命名：可以吃的
不能吃的，它们世界的秩序简单而有力
这些植物，要么随风倒下

被大地所收藏；要么被咀嚼，在肠胃的
蠕动中被消化：当我们辨认着它们
带着对事物的炫耀，它们
并不在乎，无所谓我们的称呼

空山闻鸟鸣，或山水相对论

（一）

山更幽：此刻，不会有更多的人
如我一般迷惑于这阳光的鸣叫

从林地里腾起，它，让空虚恰如其分
而约束我的是昨晚剩下来的黑暗

用阳光遮住了我，但恰好
我后退了一步，眩晕于它的重

或挪开了它的轻，这高山的重
和鸟鸣的轻，糅合成一种火焰

它们贴着地，像我的影子
如影随形。山中，一个薄薄的人儿啊

他的根在哪里？当草木向黑暗

请求水，又在阳光中挥发，结出小小的果

那么小，那么饥饿，稳稳地在风中

等待着腐朽。一天天，眼看着它就要坠落

我叫不出名的雀鸟突然抓住了它

好吧，是灵感，生活的灵感，突然一击

它被带离，去往另一片山水。山水

是一个允诺，比我们长久，比我们孤独

它忍受那些嘈杂，在一年年的循环里

它打开枯荣之间的平衡，像山水的秩序

（二）

如果我平衡了身体里的阳光和黑暗

如果我把冷和热均匀着晃动，我自己

是否就是一座山水？风景的凉亭

能否脱窍出一个指指点点的精灵

像这连串的鸟鸣，加深着

山的寂静，而山水，不偏不倚

它成为传统，在我们的寻找中
它融入那些岩石、土壤、流水和季节

不可或缺的元素，但塑造出
这人迹罕至的景致，当到来者赞叹

它将被开放、约束，在另一个秩序的
增增减减中，它将抛弃浓荫下的传统

新的传统在若干年后到来：更多的人
更多的惊讶，如果还能有人听到那声鸟鸣

河流简史

我们知道它的浩荡，通常，
是我们摸到了它的盛年，它的暴怒和孤独
它为人熟知的宽阔声名

就像它流在我的身体里，其实多么陌生
仿佛它一直存在并没有变化
流过那些村庄、城市，流过那些喧哗

当我来到它的童年，这山的某处
如果记忆造就了它某一段的光泽
我甚至忘记了它起源于此

多么细小的流水，我听到
它的倾诉；多么简单的声音
甚至不能想象出万千的气象

但出山去？拐弯后
它有另一片开阔的平原，当繁花
和稀疏的树，混杂着它成长后的脾气

我们给予它一个命名，然后
它将归于沉默，或被大海吞噬
它的饥饿让它离开了童年

像大地被阳光抓起，在它瘦弱的年代里
我们得以打开所有的黑暗之门
定位于这样的坐标。我触摸每一块

岩石的嶙峋，和蚂蚁爬过后的草根：
我啜饮这甘泉是因为它的一无所知
而阳光晃动，溪水旁，人恍惚如蝶

围炉夜话

整个世界披覆而下。此刻，风吹过
幽暗的炭火，和头顶闪亮的星座
遥相呼应：遥远处，还有城市的霓虹灯
这夜的羊皮书，我们交谈的细处
世界如一枚果实，我们屈身于它
会是怎么样的一双手把它采摘？会是
哪一种晦涩让我们浑圆如夜？
隐秘中的荡漾，没有什么不能说的
也没有什么值得说的。我们
在自己的身体里进进出出，仿佛一座城
当那只无形的手书写我们想象中的气候
并不存在更大的疆域，也没有
突然消失的村庄，"在说到你的时候
你是一种客观的态度"，像我们抬起头
会有光，会有折断的树枝，在炙烤中
散逸着清香，在爆裂中发出自己的声音
即使转瞬消散，这良夜，
像温驯的动物，在黑暗的角落里——
我们起身，想象的夜，或虚构的世界
披覆而下，而蚍蜉的灵魂
在不远处，拥有和我们一样的重量

养蜂人手记（组诗）

孔庆根

小学校长，诗人，杭州西湖区作协秘书长。

养蜂人手记

一个年过花甲的人
他的身体里藏着千万只蜜蜂
寻找花朵，施放暗镖
风吹动花海，如旗帜飘扬
他是蜂王
他的眼里分泌金色的蜂蜜

在星星低垂的夜晚
蜜蜂振翅，跳起忠字舞
撩拨着他昏睡的欲望
他的江山，像花儿开放

睡前的萤火虫

睡意是一面墙，爬山虎的绿衣撑着。

我将入眠，

我不能入眠。

有一个角落，等着萤火虫去照亮。

萤火虫在哪里？那一闪一闪的光明。

在哪里？

我想它在草原，离我还有千里。

我想它听着马头琴的低语，

在草丛中播种爱情。

还是合上眼睛吧！

也许会有一颗星星，探入窗户。

无数光的细芒，织进梦里。

那个暗淡的角落，度着良宵。

灰鸽子

卵石从蓝天飞落
在地上滚动，像某种欢庆的仪式
笨拙的舞蹈，一簇簇的咕咕声
人们如螃蟹一般地退却
他们去别处制造繁华
把江山留给了入侵的灰鸽子

一座石头的城堡，不可一世的王朝
王和他的女人的日子，是太阳穿过树叶
滴落在地上的阴影
树根的野心，毒蛇盘踞
抱紧石头，粉碎与瓦解

灰鸽子停在窗棂上
像王和他的女人一样探头
那时，他们的华服上印着月亮与星星
他们的臣民远远望着主人
千里之外的灰鸽子，眼睛里写着死亡

风中接力的欲望，潮水掀起的泡沫
如石头的叠加、雕镂、倾倒与填埋
现在，轮到灰鸽子

青海湖

风吹动我脑中的青海湖
草弓着身子拉奏琴弦
牛和羊缓步走着
几只大鸟飞过

我曾绕着湖
从此，湖绕着我
转经筒生了根
蓝色的浪花迎面拍来
星星坠落

女娲拾补着天幕
剪下一截蓝天
落在西北草原
一面湖
一颗天之眼

青海湖在看着我
着一袭青色的衣裙
润湿，薄雾笼罩
镶嵌于我坚硬的头颅

午后
——写于海子诗歌纪念馆

那些镌刻着诗句的石头面朝巴音河
如老旧的木船把阳光渡到彼岸
它们想把什么运回？
夜晚，草原上响起的柔和音符
风铃一般的黑发撞击着衣袍
来吧，吹熄一盏不眠的灯火
将泼洒一地的思想拾起

今天，我在德令哈
穿过一路的高楼
眼前的两间木屋显得寒碜
遮不下一颗硕大的头颅
一段铁轮碾碎的遗梦

门前的轻轨撇开繁华的另一边
仿佛伸张的手臂把世界两分
阴阳相隔的人呀，活着是一种罪

春光杀（外二首）

赵学成

青年诗人，诗评家，出版诗集《骤雨初歇》等，居江苏南通。

大风

这大风刮进石头的黑梦里了
挟持了那些逃过一劫、渴望迁徙的树
这些树刚刚走回到路边，飞扬的绿发
模仿着头顶急速退去的云

这是南方的秋天，日子还不曾
从回忆里垂钓出雨水
阳光像是一片被时光碾碎的
药丸，均匀地敷在门前万年青
枝茎上急剧冒出来的老年斑上
但是，它怎么可能治愈死亡？

对面阳台上谁家的被子没收
此刻正变成一面彩旗，被驱散的夜
今晚将重新莅临主人的梦境

楼下，一个放学的孩子搂紧了
自己怀里的书包，使他看上去像枚
向前滚动的苹果

这时我愿意跟你小声地谈一谈
生活，幸福和悲剧的可能性
不知不觉的爱，还有那些被荒废的时光
我的门开着，但大风进不来
进来的是大风的形象，和它的愿望——
一只写信的手，这时被迫停住

与妻书
——记一次心碎

把一生当成一天来过，我愿意让自己停留在
那个和你一起共度的灵岩山的晚上
那时候我们刚刚相爱，两个年轻人
掌心还没有尘灰和茧，什么都不懂
我们在山顶笨拙地接吻时，不约而同地
将耳边松涛的喧响，还有一只蛐蛐的吟唱
当成了嘲笑。你一袭白衣，在月色下
透明得只剩下心跳，和唇边喃喃的细语
在灵岩禅寺，你跪在释迦佛座前，素洁的
脸被虔敬之光照亮，许下一世的福愿

此后很多年，你依次成为新娘，妻子，母亲，
在时光的炼炉里滚爬，在尘世间的
泥淖和热风中跌撞，向着一个平凡的女人奔赴
其间我们有过争执，矛盾，许多次的
怨念和原谅，出走和回返，更多平静的时光
在微澜的逝水中浮漾而过，我送你的玫瑰
在卧室的床头柜上枯了一次又一次——
现在我还能像当年那样，毫无愧疚地
亲吻你的嘴唇吗？那天我们心血来潮，重返旧地
在灵岩山顶，当年的月色还在，我们用旧的身体
却在拥抱时显出了片刻的迟疑……这时耳边的松涛
像是在鼓掌，掌声穿越苍茫，显然已对准了
不同的时间。当我们再次站在释迦佛座前，
仰望着那副无悲无喜的圣洁面容，你是否领受了
当年祈求到的福祉？我终于再次搂紧你 就像
黑暗搂紧了它怀里的一只乌鸦
亲爱的，今夕何夕？清凉的露水打湿了头顶的
几颗星子，那种恒定的光辉让我来不及赞美
这矫情的游戏，很快也就该结束了——
不管陌上花开几何，我们终究还是要回家去
下山时你我一路缄默无言，相互搀扶着的手
中间数次分开，又最终紧挽在了一起
那时我禁不住感叹，这一天真是长如一生呵
这么多年了，我们仍然走在下山的途中。

春光杀人

春光杀人于无形
恋爱的人都会因放荡而消瘦
光阴微冷，而东风煦暖
如果你是一只麋鹿，在不断分岔的
林间小路上不会迷路
那让母麋鹿受孕的事儿就交给你了

一次漫长的告别，带着渴念的拥抱
让我们一时窒息，眼见那些迅捷的白光
在楼前的香樟树叶上疾驰并滞留
我听见了你眼中惊悸的海正返回天空
如果你是一只灰雀，那就安心在细雨中
做一只来回穿越的灰雀吧

亲爱的，时日久长，欢愉无多
饯行的筵席上有两只空了的酒杯
敬完一个死者，瘦削的影子站起来走了——
此去天涯渐远，被落日碾压的
愿望 在阵痛中，慢慢萌蘖出新的肉体
我只能轻轻合上眼睑，不敢回忆

在淳安（组诗选五首）

苏建平

浙江省作家协会会员。作品发表在《江南诗》《扬子江诗刊》《滇池》《西湖》《诗歌月刊》等杂志，著有诗集《黑与白》。现居浙江嘉善。

新安江在流淌……

它同时怀抱着冷和暖
在今天，一个夏日
它将一切寄存于流水之中

水花溅上脸颊时
它未曾停顿，顺流而下

它留下的是水，或是水凉爽的致意

新安江边的树渐渐融入暮色中……

而这个时候，风那么小
几乎可以听到白天和夜晚轻微地交谈

那是秘密地交谈，只在一个转换的时刻
等待一双恰好张开的耳朵

新安江是一条河流的一段……

宁谧又清澈，水底石卵隐隐可见

它往下流，叫富春江
那离乱又隐居之人
画下了《富春山居图》

它继续往下流，路经繁华的杭州
江阔遥望
到达入海口

在入海口，它泥沙俱下，走向混沌

夜晚的千岛湖

当一切湖水和岛隐去
它倒映在天空上

它将一切风暴化为深蓝色
仿若钻之梦

它到达千，并越过千，以至无穷

关于千岛湖的记忆

1957年住在那里
一座古城和一座新城住在那里
教科书上的水电站住在那里
贫穷年代的新安江香烟住在那里
如果说一些变化：千岛湖住在相机里
住在旅游指南手册里
住在随手点开的百度客栈里

如果用减法去掉以上一切
大学同学汪晓路住在那里
诗人达达住在那里

那听起来好像是
我也始终住在那里

水至清（外三首）

柳文龙

公务员，浙江省作协会员，出版诗集三部，多次获全国诗歌奖，入选多种诗歌选本。

水至清

水底下深埋沉默的石头
石头中隐匿着水足够的分量
浪花虚托出缥缈境界
悬与浮，对于我不过一念之差
而对撞的声响填满现实

它们啮咬一起，平衡破碎的情感
它们相拥于颓废的旧秩序
它们曾经的绞杀，牵动一池春潮
一种默契，开始放弃垂柳之轻
我也在试探手掌的敏感
让黑暗慢慢抬起高度
水流不再漫过今夜

走进堤岸，我始终踏不准万古愁

残花吹散思绪的苦涩味

桑葚送走多少眠蚕的

不归路——条条僵化的生命体

如此经不住春风化雨

我从未留恋过的烟花三月

像鲶鱼一般钻入稻草之冢

结成一枚枚洁白的异度空间

晃动来世的空，旷世的惑，一个现世报

我们以水蘸脸，洗涤可怜的自尊

不要脸时以浊酒浇灌衷肠

对于船只和马匹报以谨慎

对于断头路报以深深的歉意

石头沉溺了彼此的想象

忘记重量吧，彼此活得更轻松些

把水搅浑，没有人会活得生死不明

湖泊

那些方格子、尖格子，那些

透着血气的玻璃渣子

终于回到规则的框子里来

在拼接出的完整镜像

有人摸到镜中人。他下巴胡子楂

像久离喧嚣的沼泽地
荒芜、辽阔，闪烁冷峻的光
却足能扎痛情人的皮肤
现在，好一片树荫将发生动摇——
骚动不安的胳膊齐刷刷抬起
伸出了手，却是难以念及的旧情

哦，捉住了看不透的眼睛
看不透暮或霭，看不透冰雪彼岸
两个盛满泪水的巨大湖泊
一点一滴，蒸发苦难的结晶
留驻穿刺伤感的睫毛
芨芨草、沙棘，来不及到达的荒芜
拂去光芒底下尘埃

园内的植物和笼中鸟
夕照剥离各自的寂寞
坍塌的栅栏，无法告诉对方
湖水暂存一方洁净
它接纳了消亡，生存与渴望

喊山

远山和乌云，是屏蔽伤心的
理由，曲别针一般扭转
穿过松枝上古老斑块
许多瞬间会结集到松果上
而闲暇时光从林荫周围收紧
将所有的冥想再滤过一遍
将所有的憎恨再憎恨一次
剩下的爱怜，足够度过余生
走入无花可开的丛林
采撷野蜂遗弃的精神世界
甜蜜的絮语，被鸣虫又一次
打翻在地，浆果爆裂的神奇气息
——闭上眼摸到月色温润
和石头边缘的凉，琴弦淌落的
某个滑音，像翅膀一样光洁
无瑕的爱情，跳跃山涧的淙淙泉水
哦，听到退回谷底的响声
无欲之心——那贴着苔藓之轻
飞驰在苍茫的暮色，残酷的完美
多少夜，折合成今晚凝望
烛光将未开的花朵开遍

浮光

水滥情的样子，春天就到了尽头
热风里无声吹灭的东西
太多了——紫薇也吹灭在暮光
是人劫走了整条河
还是波浪吞没我的前程？
被这场黄梅水蒙蔽至今
困顿于抽刀断水后的无奈
常在河边走，足下未敢放松
对于流水的警觉，随手扶起羸弱倒影
一步一回首 如浮萍逐梦
那想绊倒我的菟丝子、羊头草
那想绊倒我的乌黑的蚌壳精
那想绊倒我的一阵阵阴风
——今夜，还要感谢风生水起的磷火
为我照亮多余的路
让涌动的暗波带走诡异、哗然
现在，安静的仲夏仅属于我
我双手攥紧善舞的长袖
里面或许藏匿暴力与革命
也藏掖着如花美眷
我忍住夜色，忍住骨头里的鼓声
又一次放逐自己，不会沿水路潜返

地域的诗篇（组诗选五）

黄劲松

1968年8月出生，江苏昆山人，曾在《诗刊》《十月》《青年文学》《人民日报》《光明日报》等发表作品，出版《采莲》《与春天有约》《擦肩而过》《逆风中的光》等11部诗集。中国作家协会会员。

西湖书笺

那么　整个朝代都浴于碧波中

仿佛升高的基座盘桓于偌大的虚涵

我能感到　孤山的晴雨

立起了紫色的旗幡　向着历史的断面

拂动着清瘦的文字

万千舟楫载来去年的春风和雪

还有盲者的琴声和爱情的旧物

演绎人文时代的个体力量

流逝的风气日复一日　向着一卷

亘古的辞章　表达失魂者的小原则

雷峰塔望着小瀛洲　湖心亭牵着阮公墩

在自我奔泻的意图中　勾画一支长篙的深浅

荷们泪眼婆娑　与清晨某条鱼的苏醒

莫名地契合着　像一部思念的佳作

折服了苏堤的人群 向着古人的诗句

深深地稽首 达于明天的光亮

包容月色的人 乘上了向晚的舟船

他们对断桥的想念 如同蔚蓝的寂寞

衍生于阳光背面的沉醉

人们眼空无物 只属意于断续的蛙声

到达尘烟的细节 一卷图画由此

有了鼓动的脉搏 他们在湖中的日月上徘徊

闻到芳香的顶端 有一支不老的歌声

胜过对不满的抱怨 胜过融合之时

一场雨所注入的瓷罐

放达者给予世界一个真实的裸体

在众人的惊呼中 他们或许会获得松软的烤饼

并于一切帆影上放逐自然的暮色

鹤衔着梅花的气息 与他们海马般的造型

保持着和谐 保持着世界的单调和纯真

而安宁者看到了自己的疆界 无限地延伸

那些纠葛的情感 写上了风的小纸片

漂流到无垠 在天空

星座们总是呼应着一切复活的到来

西塘时光

一个结局与所有的结局类似
河流已经布局
从环秀桥的皱纹中
延长阅读者的的兴趣

人流加大了寻找的门缝
似乎每一个人都是突然决堤的鱼
游弋于叩问的历史
廊棚是旧年的布景
存在于目光的闪耀中

佛寺的菊花静寂着时光
闲置的经卷
如风游过一个人的畅想
你要跟随的一个典礼
迟迟未能在沉种里醒来

而相爱的人已卷起彼此的回忆
在一片叶子上写下名字
与流水的倒影一起生长
与石头的回声一起

收获金属的诗篇

西塘正在蜿蜒如秋的颂扬
似一粒民谣的种子找到了立场
你穿过雨帘的步伐
就要回到春夜萌动的虫气
一场演唱慢慢得到指向

莫干山颂辞

出山的人无不锋利如竹芒
遍体的翠色抚慰了远离的人家
他们在他乡的歌声
看到遍体的紫气伴随着
祖先的山峰和诗词

抑或他们耳边的泉水正冲出石坳
奔向寄居者的枕头的食物
悸动在一个时刻随时醒来
当广大的云片飘来祝福
谁都会停下来
清洗身子和法器

因而青铜撞击的声音

响遍眺望的天空

山的矿藏唤醒了他们的唇语

如同紧握青竹的手

找到了自己的泥土

他们会捧出笋和珠玉

唯一的遗存在一个夜晚就能被鼓动

在莫干山　每一个都有一个人世

有一群鸟低语着

说出他们的盼望和赠予

鸣凤山，或者月亮升上天空

我的凤凰在黑夜里收起翅膀

进入了新的构思

我的凤凰一天只说一句话

在暮色中　问山的人背起了行囊

我的凤凰在云霞洞

御下一件衣裳　穿在了古人的

一阕诗词　至今口舌余香

我的凤凰在多子岩挥来一片虹霓

神的歌声忽然来到了美人的怀抱

在鸣凤山　我的凤凰吐出一枚月亮

钓矶的仙人就来到了人间

哦　江海就在远方

我的凤凰带来了月的潮汐

使群峰翻起了苍翠的舞蹈

我选择仰望　与清醒的鸟一起

想象自己已经飞到彩色的词语上

石头　泉水　和人们遗落的颂扬

都与我一样　到达了天空

到达了纯明的世界

哦　我的凤凰神采飞扬

在越来越高的采摘中

把羽毛放到月亮的心上

因此　我的耻辱得到了宽恕

我的种子都孕育了未来的花朵

我的飞翔将安慰尘世的明亮

赣江诗历

如凝练之旅行的终结

一条河流向着幽深的方向

带动两岸的风物

时间陶醉于朝日与夕阳

它每天在峰影间

留下丰茂的辞章

赣与闽　风与流逝
展开着地理所表达的笔墨
我在一个州衙的生活史中
发现了雨水和稻谷
丰美的幻想可以直接达于
晚归的舟楫及诗人的帆影

在吉水　它聆听着庞大的湖泊
指证着悠远的倾听
如一个谜底向着前方的猜测
它对老去的乡土
总是抱着隐忍与宽容
似乎这关系到一种命运的向背

而大江斑驳的记忆
有着它鲜活而浩邈的气质
在一部失魂的历史中
唯有牙齿和笔
才能从容地描述远望的态度

钱塘潮（外二首）

李　越

笔名句芒。男，1986年10月生，甘肃永昌人，现居兰州。甘肃省作家协会会员，曾参加第八届十月诗会。作品发表于《诗刊》《星星》《飞天》《诗潮》等多种报刊，出版有诗集《苏三的夜》《雨天樱园》。

钱江潮

万人空巷。
黑线的脸和银线的脸构成
海浪巨大的笑。

白色马群撞击着空气的大船
潮水轮番灌溉太阳。
马群咆哮愈烈，人群哗然跳脚。

鸣沙山·月牙泉

太阳已跌入山隘。
一湖青黑的泉水背负沙山的
巨大阴影，纹丝不动。

楼阁看守阴郁的泉水
将夕照从额头缓缓抹去。

我们想像楼阁一样，看守湖水
我们是缓慢爬动的蚂蚁
在沙坡排泄蛛丝马迹。

游人滑沙。呼声丈量坡长。
一个个橡皮人擦拭被沙书写的误解
（被终日涂改的鸣沙山！）
我们把自己点成山头的痣
终究消解于星月放射的激光。

雪中盆景园

雪落。巨型碎纸机纷扬着
信笺颗粒，语词破絮沉淀

盆景中，虬曲枝丫的龙爪
抓取天空，它们想获得只言片语

卵石睡卧草中，如蜷缩的黑狗
西山小檗浑身轻曳着抱雪的灵魂

长椅上，老人们围坐虚空沉默
人人都像在默读这云上航空信的零星片段。

江南老（外三首）

一　树

本名徐向峰，1972年生于河南长垣。系河南省诗歌学会理事，郑州市经开区作协主席，《风》诗刊执行主编，鲁迅文学院河南作家研修班学员。著有诗集《微风又吹》《风之散步》《短歌行》《与草木同居》等多部。

江南老

鱼不见了，撒下糙米，和鱼尾纹。

西湖画舫上，小小在收小费。

断桥不断，白堤不白

三米深的泥污隔开荷花与西子。

枫桥上不见渔火，寒山寺不闻钟声。

定园中的我，和刘伯温一样不安，最终

被算了一卦：我欠江南一首诗

江南欠我，杏花春雨中的，那声叹息。

西湖醉状
—— 滑州西湖饮酒录

（一）

坐在风上，指挥一湖的叛军
在杯中拿下，水中的保皇派。

（二）

从杭州到滑州，从天堂到人间
西施略施粉黛便摆脱了，昏君们的纠缠。

（三）

熄灭鸡头，豁免鸡翅
老面瓜与小麦酒正夹道相迎。

（四）

呼啦啦，酩酊的美眷倒出满怀细软 ——
粼粼波光，赎回北中原最曼妙的身段。

虎头山游记

清明微雨。杏花
正在一个外乡人的行囊里打盹儿。
跟随一群虎头虎脑的孩子
拾级而上。紫丁香的毒正在山腰
假寐。石缝正在结痂。
那些低矮的槲叶树叶子宽大
可以蒸槲包，裹粽子，还可以
用来遮羞。或制作成隔硝烟的
屏风。那只被战争豢养的老虎
常在暗夜里露出刺刀一样的牙齿。
这里的草木仿佛随意凋零，仿佛
听见佛曰：提前入土者都是
烈士。日渐西斜
一位下山的老人叹息着，喃喃着：
满山的红杜鹃缘何一夜豹隐。

立秋，游黄河

立秋。体内那池水已被
肉身耗尽。大腹便便的我，似
虾兵蟹将。眼前，一条河眼神昏黄
肋骨起伏，将泥沙一点点
抛至岸边，悄悄，带走漩涡和野鲤。
我褪去盔甲，去摸她的
小脚，小腿，小腹。呵——
松软而又隐秘。暮至，上岸
那些小随即消失。夕光里
烟波浩渺，鹭影依稀，仿佛
时光正弃尸首而去。

在龙潭湾（外四首）

沙之塔

1981年出生，浙江温州人，浙江省作家协会会员。已出版诗集《水上多烟》《虚设》《星图时刻》。在《青年文学》《诗江南》《草堂》《海峡诗人》《诗林》等刊物发表过诗作。

在龙湾潭

一

垫步前，碧潭中的圆
次第开张。溪鱼在透明里
拨动圆心，就有一叠套圈，
把你套进晨光。

每个点都在无中生有，
每个圆都在越过边界，
静宁从溪鱼的兴致里繁殖，
山间便有虚怀，落子明镜。

分享鱼的庄子是不够的，落伍者
还将循入蜻蜓的闲笔。

飞往连瀑间的停顿，鱼卵
已波及几层水的平台，请你
接住那自然的一滴重生。

二

落叶搁浅于腐尘的冥想，
娃娃鱼如隐士的半片宁静，
在慢里，承受天命。

万川埋伏于一颗缓慢的心脏，
山水的宗教，开始分支：
一支向着怀古的腹地，
一支迁往无边的海岸。

三

岩石从沉重里出走——
一段河床石已易容为锦缎。
卵石在阳光的掌纹中小跑。
情人峰下，为内部的蝴蝶
两块石头拥吻。

在山谷尽头问路绝壁，

它折叠的心思，带你到云中。
你真的收到了幽谷的一串翡翠，
从远山的宽厚中递来，
为你除尽体内的淤泥。

四

栈道伸往秋天的高台。
绝壁上，雄心太虚伪。
一片落叶飘下，略去了
胸前的万顷浮云。

绝壁上，楠木低调，
桉树带刺的叶子很礼节。
一万年移动一小步，攀岩的植物
陈酿的恬静也滴下来。

台阶脱身山水，
向碧空伸手。一条玉带
因而伏笔人生，在脚下
它将撒播山川的自足。

宝石山麓听余退读《孟子》

树荫下阳光虚晃，
游人刻在树皮上的名字
已经模糊。就像年少的天真
踪迹渐断，甚至成疑。

一个背包女孩在某棵树下
找寻了片刻后离去，
一对夫妻只转了半圈，
为行程添上一处闲笔。

松鼠突然在树杈出现，
我们起身接受这灵动的问候。
而蓬松的细毛闪过，藏进了
过去的若干个世纪里聆听——

尽管他诵读的文字音形皆变，
但一种古老的觉悟会让树木确认：
这书生刚从历朝的山川里
轻轻地翻身醒来。

在宝石山中听江离谈诗

树下，阳光降低了语调。
行人正从篱笆后面上山，
几把折扇和孩子举过肩头的
矿泉水在竹格中闪过。

树叶也在所有息屏的手机中
摇曳。一种意趣耐心地把句子摘入
温水中，我们喝的龙井、菊花
也添入了一小勺西湖晴光。

几枚塘栖枇杷散漫地滚动着。
剥去柔韧的皮，甜味引入了
一层更新鲜的意义，在顿悟之后，
句子推开了云朵隐秘的门。

已到了游湖的时刻，人群正熙攘地
拥怀暖风。而我们的游兴像几粒
乌黑光滑的枇杷子滚落，在宝石山
它们已为一片枇杷林伏笔。

在竹林
—— 致池凌云

这里的竹子也是前朝的烟云，
蜂拥的温柔，孵化过一千顶斗笠。
这大地细密的编织术，仿佛
真的还贮存着来自净瓶中的甘露。

每一株竹子都茂盛 若另一棵，
自然均分她慈悲的这一面，
山野已悟透天机，因而
穿过竹林也将解决世间的凌乱。

我将行进在密集的藤椅间，
也行进在竹帘的迷宫里。
当我彻底静下来，就走动在竹简上，
仿佛低处的阴凉和竹尖的明亮。

也许竹子和人有过最初的一吻 ——
箫声的水系，早已创造了南方的
无忧学。日子都嵌回竹枝词里去，
暮蝉响起，它的铜哨解密了体内的竹节。

野山菊的秋天（组诗选四）

戈　丹

（葛卫丹），浙江省作协会员。曾入围"华文青年诗人奖"，获得过诗刊"首届微诗会"优秀奖，曾在《诗刊》《星星诗刊》《诗选刊》《中国诗歌》《文学港》《诗江南》《山东文学》等发表过诗歌。

野山菊的秋天

像酝酿了整个春夏
秋日的山谷，走向
另一种美
不同于年少时的爱与野心
我们熟知阳光的走势
秋风的轻重
如何利用险峻为自己制造生机
在相对漫长的时光里
与自我独处
深入内心的湖泊与沼泽
旧时的伤与隐痛
自我舔舐 修复
独自摇曳
自内心散发温暖与香
哪怕没有观众

山谷宽容 碎石古朴
身边的溪流走得最远，身姿却是最低
你在蓝色天幕下
而我也是

牛皮纸上的风景

铺开它旧时光的身子，在上面拓画：
杉树木的扁担不禁风吹，裂开爷爷一生的伤口
那个畚箕，奶奶用它
装糠饼 稻谷 全家人的换洗衣服
糠饼喂人 也喂猪
糠饼养大的奶奶，一张石灰岩风化的脸
拓画在纸上，土地干枯的纹理
仔细看，竟是一朵不败的花
这个多子大红圆盘，堂姐出嫁时，吹打的唢呐声中
她经年苍白的脸艳如圆盘
在田野深处，石板屋的门敞开
失去孩子的姑母，眼中的光被夕阳收走
他们穿透牛皮纸
烙于我所认识的 不认识的人身上
无论我到哪里，总能见到这些
牛皮纸般的面孔
他们的眼里，有着我无法抗拒的温暖与悲悯

在西溪湿地观鸟

一声鸣叫，芦苇丛分开
隐藏的鸟儿纷纷现形
沼泽，浅滩，瞬间变得拥挤
一只鹈鹕悄然游走于荷花丛
雷达的眼神扫过
一只鸬鹚
自远方的天空险险降落
潭水的眼底，充斥对这个陌生世界的惊喜
丹顶鹤们，亮出天使的翅膀
踮脚涉水而舞
极其优美而整齐
更多说不出名字的鸟儿，它们聚在一起
仿佛一场盛会
我从隐伏的草丛中站起，走向它们
鸟儿们齐齐振翅，掀起一阵黑雾
雾气散尽
鸣声也随之隐匿
夕阳西下，空荡荡的水面
游走薄荷的清香
草丛中的我，像一只掉队的鸟
久久徘徊，不肯离去
认定这里就是我的江南水乡

夜游铜铃山

众神游走，如

磷火散落，时间的点上

长河，余光深不可测

每一粒光的背后，一定拖着一条巨大的尾翼

它们比肉体轻，但比空气重

千年松柏

灵魂的高度，任何时刻

都不如此刻亲近

词语闪烁

如黑暗中被微风拉响的一串串铃铛

有着此起彼伏的旋律

蓝色的磷火和黑色的词语相互融汇

自由进出我的体内

仿佛我的身体，是个

空旷的山谷

今夜，我就宿铜铃山宾馆

敞开后窗

窗外，山风拍打松涛

小楼安然无语

第四辑

【湖畔少年】
月亮有多远

只有你知道，
我说的不是世界末日，
而是美好风景。

月亮等我们（外二首）

张语嫣

生于2002年，诗集《背后发光的人》由敦煌文艺出版社出版。

晨雾

在山的这边，
晨雾像是一块轻纱，
笼在山尖。

一缕斜阳从缝隙中穿过，
太阳从海平面升起，
雾给予了阳光最温暖的怀抱。

这是一种新生，
一天正在雾中萌芽。

正好

这时的阳光正好，
照在河面上，

波光闪动。

船只轰轰驶过，
拉开河面。
游人正好从桥面上缓缓通过。

月亮等我们
——写给运河上的丰子恺

月亮有多远，
隔着一个银河系。

我仰望天空，
只有一个轮廓。

当你手持毛笔，
画下那个圆。

心怀慈悲，
手捧明月。

月亮等我们。

夜览西湖（外二首）

洪晨皓

杭州某中学初一学生，个人诗集即将出版。

夜览西湖

死亡笼罩着大地，
黑色幽灵吞噬了，
蓝、绿、红，
不留一点。

白努力在大军中，
打开一条道；
用所剩无几的热量，
点燃了地雷。

在火中，
黑迟钝了；
金色乘虚而入，
在树上点燃了信号灯。

一片亮光。

秋天

秋天，
一阵阵金黄的狂风，
刮下一个个
红润的脸庞。

希望在发芽，
土地需要透气。
步入暮年不需要伤感，
还可以看看摇财树，
微笑。

金黄的叶，
给草，
裹上一层金黄的外套。
一片金黄，
纯，
掩饰了动物的痕迹，
生命在弥漫。

雪

苍白，
雾霾弥漫开了，
沉闷，
烟雾一波波地冲击。

伤感，
白蝴蝶无力地拍打。
疯狂，
狂风袭击了房子，
带走蝴蝶的残躯。

无奈，
人们躲在房子里；
迷茫，
石头从天而降，
释放热量。

只有你知道，
我说的不是世界末日，
而是美好风景。

西湖夜（外一首）

杭州某中学高一学生。

西湖夜

既然湖水如镜

为何泛起涟漪

不管有没有人知道

月亮会用温柔的光撒在他柔软的肌肤上

他不喜不悲

潺潺的不知被谁拂起的风

衬着月光撒下的粉

闪烁着粼粼

过了一会儿

又安静地躺下

月亮湾

我不在这儿生

我爹却在这儿

我不在这死

我爹爹却在这儿

这儿不是他们祖辈的山

却是我祖辈的山

那个小小的连心桥

不知可有连上我的

曹村口的小河

再也没有小鱼

小鱼再不需要小河

月亮湾映的出星星

映不出月亮……

第五辑

【湖畔情诗】

我们曾在彼此的血液里举行婚礼

送走一些死，迎来一些生。

血液里举行婚礼，

为情所役，我们曾在彼此的

隐忍之爱（组诗选七）

张敏华

1963年出生，浙江嘉兴人，中国作家协会会员，嘉兴市作家协会副主席。著有诗集《最后的禅意》《反刍》《风也会融化》。

回应

黄昏，一只伏在窗台上的猫
回应着你的疑惑——
"我们活着，越过了绝望。"

为何不能实现我们最初的愿望？
"越善良，就越受伤害。"
像是夜晚，蝙蝠撞见了我们的孤独。

我们被上帝寄存在这个世界，
人生仿佛一场暴雨，
爱情也是。

是循规蹈矩地活着，还是
像秋天的野葵花
被砍下，摆脱内心的不安和挣扎

离别

又是我，在午夜醒来。
你不在这个夜晚，但我们都曾在那个夜晚
疯狂地爱过。

故意把门反锁，或虚掩，
在乎你，像墙上的钉子，或地里的
萝卜，不能自拔——

但你不在这个夜晚，我不再心存疑虑，
静如茯苓，安心或定神，
如你所见，隐匿于各自的夜晚。

有生之年的秋夜，
鱼鳞般的天空，不设防——
放下你。

白描

如你所说，爱情可近乎白描，
我们再也不需要记住过去，说出真相，
"不再有内心的对立。"

为情所役，我们曾在彼此的
血液里举行婚礼，
送走一些死，迎来一些生。

其实我想要的，就是当夜晚降临时
和你一起信步回家——
素食，健身，一个小颤抖。

"谁爱得更久，谁将重写人生。"
多年后可以什么都不想，
——时间也不再伤害我们。

归来

隐忍之爱，像站台上的地铁，
离开之后的
归来：深呼吸……

唇齿间留下星巴克摩卡的香，
你格子红的衬衫，
因我的滋润更显潮红。

日子滑过沙漏，我们不再轻易
转身，为爱所累，
自省平生，如是释然。

"只缘身在此山中。"
——纵情之处，你的身
成了我中年的山。

忍受

看着树叶变黄，我们忙着挽留，
但它们还是在风中飘落，
岁月枯荣，我们与黄昏默默

相视身边布满的爱或敌意，
在时大时小的雨声中，
我们抗拒漫无边际的茫然。

灯光下，我为你拔出体内的钉子，
即使留下鲜血淋漓的伤痕，
今后也不至于留下生锈的身体。

哦，请原谅我们寻找真爱真情，
忍受撕心裂肺的蜕变，
一种决绝，任性，不计后果。

接受

我惊讶于你的先知先觉，
听风，看雨，愿此生
你懂，我也懂。

每次我从你的上游追溯到下游，
我忙着撒网，缠绵
——水深，缘深，情更深。

给你玫瑰，我接受它的凋落，
给你钻戒，我接受
它的遗忘，打捞，珍藏。

我还给你依稀可辨的幸福，
接受你的更年期，日渐
老去的容颜，生死相依的晚年。

萌生

再次写到你，写到爱，
写到草长莺飞的初夏，
我对你的一意孤行。

解开银河的纽扣，万匹月光
让我透不过气来，
翻飞的鼻翼嗅到了欢爱。

还有迷狂。在饥渴的途中，
重新萌生爱念，
——在你微扬的唇边。

为生命中的约定，
以自己的方式活着，爱着，
多么艰难，不易！

爱情是一件生锈的铁器（组诗选五）

顾宝凯

男，1977年12月出生。小学语文教师。2007年开始诗歌写作。在《人民文学》《诗探索》《星星》《浙江作家》《扬子江诗刊》《西湖》《文学港》等发表作品。浙江省作家协会会员，著有诗集《守岛人》《外乡人》两部。

此后

此后，海水依旧浑黄

像一张无法被磨平的砂纸

日夜在天际摩挲着一枚孤独的月亮

此后，所有的窗口都不再瞭望

倾盆大雨落在我的视线中

也落在你的眼眶里。一只落水的小鸟

还来不及打开翅膀

便被到来的雨水摁进了一片茫茫水域

从不祈求上岸，从不祈求会有渡船。

一生的漏洞像无底的水井，

漏走了光阴，沉船，生锈的铁器

我以为我不会写到石浦港

我以为我不会写到石浦港
即使我写到附近的铜瓦门大桥
东门岛，鹤浦，三门口，渡轮
我仍小心翼翼地规避着石浦港的
每一滴水。像一艘渔船
规避着港外的风暴
我掀开石浦港港面上的每一层水衣
都能清楚地闻到它的味道：
柴油味，铁锈味，缆绳和铁器拴紧的焦灼味
我还熟悉水底下的沉船
压在舱板下的一只青花瓷碗
保持着装上船时的清灵模样
我试图要说出一段爱情，在风雨中
随流水而逝的爱情。现在，它像一枚针
别在大海摇晃的心上

爱情是一件生锈的铁器

一场绵密的细雨下在冬天的码头
也下在一生的旅途中

我尝试叫出你的名字又咽了回去
我不敢去触碰过于尖锐的事物
草尖，麦芒，微弱的光
我看见一棵树用尽一生的力气
修复自己的伤口
那天的雷雨，劈开了大地
隐藏在黑暗中的事物那么清晰

春天的某一个早晨

我已经很久没有写诗了
像一块铁没有擦拭自身的锈迹
雨水充足，春光敲打着屋顶
花朵和树叶都在写下
自己最美的情诗，它们爱这个春天
就像蜜蜂爱着花朵，水牛爱着嫩草
就像陈旧的树叶脱离自己的母枝
它把碗状的出口让给了新芽
就像我爱着你，任春风吹老我
一年又一年

和你坐在松兰山的礁石上等待天荒地老

一

夜幕拉开，岸上灯火璀璨
一群顽皮的波浪爬上沙滩
又沿着裙裾
爬上你的心头 —— 那里居住着另一片海
我是你的水手也是你的船只

望着夜幕下苍茫的大海
你似乎要从海水里
用直愣愣的眼神捞出一个青涩少年

他提着渔火，正将船舷靠向码头
你忍不住伸出自己的双手
去触摸他微凉的肩膀
一道缓缓起伏的波浪

你爱上的这个少年，如今已是滚滚浊浪中的一滴
你仍有勇气去牵他的手吗，像牵着一阵
咸涩的风

步入岸上的万家灯火？

人间的爱已被世人爱过千万遍。
而你只爱他身后斑斓壮阔的大海。

二

在视线的尽头：
波浪像熄灭的火焰
一艘渔船在雾中擦过岛礁的边缘
鸥鸟的鸣叫拉动着潮水
一起奔赴：码头，沙滩。
在树林边的石凳上坐下
松针在身后滴落如露水
而眼前的波浪滤去了杂音
像从窗沿流出的琴声
起风时，一粒沙子抱住另一粒沙子
在岸边的礁石缝里安顿下来
像我和你在人间又一次相遇

三

这是我和你最后一次见面
在松兰山的沙滩上，我向整个大海跪下
像跪向自己的命运——

起伏的波浪，讨海的父辈，风暴中

归航的货船

我要怎样向你说出

附近的村庄里。住着一群和我一样不怕

风浪的人

他们如洋流般曲折的血管，咸涩的血液

他们黝黑的皮肤下

大海一直在无尽的翻滚。

他们学会了像海螺一样的生存技能：

在潮起潮落间，蛰伏，等待，试探

被波浪举起又被波浪打落的沙子

像你到来又离去的——

含在眼里的身影。在通往松兰山的公路上

越来越近，越来越近。

四

在松软的沙子上躺下

潮水产生的迷烟，让脸裹上了一层水汽

听千年的风擦过岛礁

又来到我的耳际：那里有晨起的渔船

拍打着水花，也有夜晚的星子

落进鱼群

亲爱的，我哪里也不想去了

远方太远

我一人坐拥这一座金黄的沙滩

这一湾碧蓝的海水

还有谁能比我更富足，更有你白色的群裾

光着脚丫，在视线里迎风跳舞

我已足够丰饶了，生命的馈赠是你回头

满眼荡漾的爱情，这是我最后一次

说出这个词。现在，我愿做这成堆的黄金里

孤独的一粒，我们去往深处，去聆听潮水的

弧线撞向大陆之后，在陆地上盛开的部分

我爱过的事物远不止如此（组诗选五）

林　珊

女，1982年生，江西赣州籍，中国作家协会会员。作品散见《人民文学》《诗刊》等刊物及入选各类诗歌选本；出版散文集《那年杏花微雨凉》；获2016江西年度诗人奖、第二届"诗探索·中国诗歌发现奖"等奖项。

给你——

我需要一场大雨，为春天的欢愉而喊叫
我需要一盏明灯，为失去的一切而忏悔
我需要一个人，为人世的温良而饱含热泪
我需要你的手，为我摇落——
枯黄的叶子，潮湿的花朵
你什么都知道，在我低头不语的时候
你什么都不知道，在火车轻轻晃动的时候

深情总是令人沮丧

我想要说的，总是在黑暗中到来
星辰已熟睡，梦境的尽头是深渊
迟缓的事物越来越靠近神谕

可是没有什么，会突然从天而降
那些我曾路过的叶子，充满了绝望
尽管那并非是为我们所拥有
尽管恰如你说过的那样——
到最后，生与死的交付只剩下虚妄
我是那个站着发呆的女人，在阔叶榕下
我是那个热泪盈眶的女人，在你转身离开之后

一封信

想给一个久未谋面的人，写一封信
信的开头是："冬天是通往往昔的唯一途径
而荒野的湖泊，早已丧失记忆……"
我不想在信中，温习任何山盟海誓的话语
也拒绝在信封上，留下我的姓名和住址
又一个冬天来临。我看到年迈的自己
满头白发，儿孙绕膝
他是否回信，已经变得
毫无意义

失眠

醒来已是秋天，大雨纷纷如幕

木门颓败，芦花一片片飘远

留在山坳里栽下蔷薇的人，不见了

提着竹篮站在井边打水的人，不见了

斟满清酒的杯盏和熨好的麻布衫，也都不见了

那个走在巷子里的人，撑着伞

在默读曾经的箴言："爱是消亡，爱是永生。"

雨一直在落，他消失的背影

始终没来得及，回头再望我一眼

我爱过的事物远不止于此

一只虎斑猫的出现搅乱了我的平静

四月的雨纷纷落在它频频呜咽的低音区

年轻的邮差突然出现在雨后的路口

用疲惫的手臂，递来一枚湿漉漉的住址

萧萧的落叶翻转于半空退避——

哦，那些肝肠寸断的鸟啼

那些还没来得及消失的花絮

小巷里的春风啊，怎么吹
也吹不散，唇边呼之欲出的姓氏
我想起某个中午，你的手
反复逗留在山水的缝隙
可是我总也记不清楚，是谁的眼睛
凝视过沿袭的蚂蚁。是谁的耳朵
聆听过空白的寂静

你曾梦幻般坐在我面前 ——
窗外的柿子树缀满猩红的果实

在故乡，那个曾与你坐在小酒馆里对饮的人
不是我
在异地，那个曾与你泪眼婆娑相拥的人
我必定在梦中见过

我将变成简短的语法离开你（外一首）

白　尔

女，1992年生，北京大学中文系硕士，曾获复旦大学北辰文社散文组一等奖，诗歌组二等奖。喜欢大海、颜料、博物馆，以及有确切痕迹的事物。

我将变成简短的语法离开你

钟摆晃到了尽头，就被反弹过来。
我在世俗陷阱的外围，旋转呼啦圈。
"别拒绝，也许它只是个平面呢。"

我谈着每日的饮食、男女和写作，
却从来不懂来到这世上的奥秘。
所有人都不明白。我们却神奇地，
吞下日月的孤寂，用引力牵制对方。

"每一种力都不可能被浪费。"
上帝那么均匀地用欲望牵制我们。
每用力一次，他就赐给我们一根白发，
直到我们接受自己的出口。

遇见

我已凭借日月，着力修剪我的神经，
而你一次跌落的话，又引发我心房的痛。
我放走燕南园的鸟鸣，猫咪和有青苔的屋瓦，
而那青黑的倒影，勾连出你的属地。

你的，北方的，你自小就去的玉龙潭花园，
而我游走在南方的边缘，照着教科书，
描摹天安门的朱红。你却和其他女孩子，
谈论你们的枣树、饭食和一口大井。

长大之后，我们就沿着时空碰见，
"你好"，你用我的名字，制造磁场。
我沉默着躲开——为了确切的果实。
你也试探走开。我心底盛开一朵病的花粉。

我更远地出走，就像一阵暴雨，浇注水泥地。
我沿着道路，渗入大地和海平面。于是，
每一次下雨，你都会喊我的名字。而我，
从你雨伞的四周，一滴又一滴，掉下来。

给好妹妹的十支小曲

余　退

___

青年诗人，浙江省作协会员，现居温州洞头。

一

我记得你少女时的模样，鸽子掠过
是天空写给大地的家信，你的祝福
写在翅膀上。梅花鹿、贝壳、月亮
你似乎与它们都联系在一起
年轻的猎户手持石器，懂得不多
慌张设网，妄想将它们捕捉

二

种田归来，惊讶地发现空房间里
米饭已热在锅里，菜搁在桌上，谁知道这与
田螺有关？你就这样闯进我的生活
是桃林，还是那自发的牡丹，将你吸引？
我仿佛是一匹幸运的绸缎
你用看不见的针将鸳鸯绣在我的身上

三

在你前面的几位女子，我为她们洒的花瓣
散落在甬道上，全是为了迎你的婚轿
她们是多么虚幻，那些魅影
有时还能在夜晚蛊惑我。只有你是真实的
像苹果落在地上，像行星无数次旋转
心脏在左胸内泵动着，是那么真实

四

你这位天生的驯兽师，我身体里的
野马、头狼都套了缰绳，在安静地
吃草、叼骨头。它们都成了骆驼
将瓷器、茶叶、书箱都给我背上
你的沙漠荒广无比，难以走出

五

拳头大的鸟巢摔在路上
那小小的家，你心疼地拾起
把它重新按放在一颗茶树上
我看到，我耗力筑造的许多小巢
也被按放在了茶树上

六

奇怪，我梦见了罗丹。今晨，我想挑战
一尊雕像，把你的模样刻在石头上
用坚硬去表现，花岗石正是我的材料
我有些患难，你的嗓音和气味怎么表现？
十里外的一座孤岛，只够雕刻一只天鹅

七

我们来到蚂蚁的王国，仿佛一筐黑米
在地翻滚，需要小心地绕过
几只蛤蟆叫了，一只马蜂围着松果打转
两个大地捏成的土人，思维缓慢了
坐在凉亭下，仿佛木椅伸出的两只扶手

八

一本书可以被撕成两半，浮萍会被
池塘的风搅乱。命运有着硬齿之寒
但一只蝶在飞，不显得孤单吗？
绑在脚上的红线，另一端寄着你的脚脖
让我成为你的影子吧！谁又能割断影子？

九

连最微小的原子也带电
你我都带电，怪不得你将我吸引
正电猛烈期望与负电相撞
这样的冲撞，从来不产生湮灭
快狠咬我的肩膀
无数电子要飞向你，像洄游的银鱼群

十

学学另一些直立行走的动物吧
那些回家的雄企鹅们在一起叫唤
那唯一的声音会被找到
在雪床之上的它们，仿佛是冰雪制成的
我的身体怎么不是水晶？
不然为什么你一眼就通透我？

婚礼（外五首）

阿 斐

原名李辉斐，1980年生于江西都昌，有"80后诗歌第一人"之称，著有诗集《青年虚无者之死》《最伟大的诗》，小说《跑步进入中年》，编剧电影《回到原点》。

生命里仅存却永恒的美好

你躺在摇椅上像婴儿躺在摇篮
不能动弹的身体只剩眼睛里的光

还有什么能诠释活着意味着一切
这美好的永恒的仅存的眼睛里的光

小院

用我粗糙的灵魂
换你一身江南风景
从此坐井观天
共享这窄窄的幸福
浅浅的人生

静时光

安静的时光是绿色的
满园的绿色闭目打盹

安静的时光是丰满的
多肉的微风枝头伫立

安静的时光有龙井的清香
透明的茶杯里上演叶子的舞剧

我在安静的时光里隐居
过着你们敢想却不敢信的生活

微醉听雨

沙沙响的是丽丽

她轻柔婉约 如同一首行走的宋词

滴滴答答是小红

她总是欲言又止 像满腹心事的晚唐诗

哗啦啦经过是翠花

她大大咧咧 远近闻名 如质朴直爽的乐府

今晚你们都来了

谢谢你们还记得我

我当然也没忘记你们

只是有一点羞愧

在这美好的失眠的立夏的雨夜

我居然没有醉

居然还保持清醒

以至于眼泪不好意思出去

回忆也不好意思进来

任凭这么多急匆匆如蚁群的情感

溶解在沙沙滴答哗啦中

婚礼

下班很晚
夜没想象的那样黑
我心情不好也不坏
总觉得有件事
好像应该做却想不起来

现在我终于想起来了
在我临睡前
脑海里飘过一个奇怪的镜头
那是一副棺材
里面躺着我的奶奶

如果你还活着
应该又在埋怨我
这个斐仔啊
又这么长时间不打电话
忘记奶奶了

奶奶我告诉你
你的号码仍在我手机里
隔一周打一次电话的约定

也还记得

只是像往常一样，我仍然忙

忙啊，他这个孙子！

忙到果然没能见你最后一面，没能为你送终

忙到坐在你棺材边上脑袋里还想着工作

忙啊 忙到你一入土我便离开

忙啊 忙到忘了你已经死了

你不在了，你知道吗 奶奶

我对你说你这次不会死 可还是死了

人都是会死的 但你是我奶奶啊

我说过你会活到一百岁 不是在骗你

然而，当然是骗你

走吧奶奶，其实我这个孙子没那么矫情

你一生受苦 现在它们全部归零

我见证了你生命中最辉煌的时刻

锣鼓喧天，连唱了三天的黄梅戏

所有亲人列队相送 如同送一位出嫁的新娘

这是你的葬礼

也是你的婚礼

爷爷，奶奶来了

假期

有热闹的鸟鸣和安静的阳光

有莫扎特的音乐和杜甫的诗

有木质的茶几和布艺的沙发

有杯中的红茶和散放的巧克力

有炉上的菇菌汤充盈满屋的人间烟火

有脑海里的思想酝酿千年的天马行空

有看不见的朋友和看得见的妻子

有可触的异乡和不可触的出生地

有四季青的爱和四月花的恨

有水流的此刻和烟雨的过去

光阴如此漫长 如此短暂

生命如此乏味 如此绚烂

世界广大 世界小如米粒

我什么都是 什么都不是

这有什么关系 亲爱的你们

浮生有你，我心平如镜

爱你时的样子（外四首）

陈 灿

中国作家协会会员，浙江省作协第八届全委会委员。曾参加老山前线自卫反击战，被誉为"战士诗人"。著有《抚摸远去的声音》《士兵花名册》等诗集多部。

爱你时的样子

一个士兵爱你时的样子
就是持枪站在哨位上
专注如界碑般
纹丝不动的样子
祖国有多辽阔
我的爱就有多稳固与辽阔

你吻过我的额

你吻过我的额
在你即将冲向前沿的那一刻
突然转过身来
把一个热血男儿的唇
落在一个女兵的前额

木然 恍惚 错愕
但作为一个女孩没有来得及羞涩
你又转过身去
只将一个背影留给了我

至今已经过去三十年了
我一直等你再次猛然转身
把我整个儿抱走
装在你的心窝

此刻我就站在你面前
用人到中年的手
把你与当年一模一样的面颊
轻轻抚摸 轻轻
叫着你的名字
可是你再也不理我
你的名字已经在墓碑上定格

三十年已经过去了
你没有转发过身来再看一看我
可每天清晨洗脸的时候我的手
仍能触碰到你那仓促一吻
留在额头上瞬间的热
……

吻

一

两条语言的河流
火舌汹涌
紧紧缠绕在一起
绞断了声音的骨头
咀嚼文字的肉

二

不用再说
什么都不用说
就这样相互点燃
火焰一样的沉默

为你写诗
——致 zz

一直想
为你写一首小诗
满心欢喜地
写你夜色中
灵动的舞姿
不 那是一首诗在舞动
你就是一首会跳舞的诗

多么希望自己
也成为这夜色
这幸福的夜色中
一个小小音符
让你在我身体里舞蹈
当音乐消失
你缓缓收起舞步
坐在我的诗句里
轻轻抬起眼眸
同自己的灵魂
对视

让我把你的手握在我的手中

让我把你的手紧握在我的手中
让我将一颗心放置在你的心上
让我们彼此默默相守深情地久久凝望

让我的肩头永远依着你生动的脸庞
让我在你耳边幸福地轻声哼唱
让我拥你入怀 看着你甜甜进入梦乡

让天上的星星羡慕吧
（虽然它们高高在上）
两颗星（心）从来没有
像我们挨得那么近 那么紧 那么绵长——

诀别诗（组诗）

西　楚

本名田峰，苗族，1976年生于贵州松桃，"贵州诗歌三剑客"之一。20世纪90年代开始诗歌创作，作品刊发于《诗刊》《山花》《星星》《诗歌月刊》等，出版诗集《过程·看见》《妩媚归途》，获贵州省第三届尹珍诗歌奖。现居贵阳。

诀别诗

一

我出门后
你在后院练习
数着手指，把一天分成
十个妖娆的部分

遇到起风，惊慌的小兽
一群一群地跑
你竟哭了
你害怕大风，吹走我的姓名

二

妖精从此迷恋夜晚
你只留在白天

那一夜
他们的玫瑰都睡着了
你慢慢地开

我不回来，你不会谢

三

我们把夜色打开
我坐在你里面
我们唱歌，给对方听

我们是狼和小羊
我们一起，在河边喝水
你数星星

星星落下来
我们一起回家去

四

这冬天，和它熟悉的的气味
在空房子里一再迂回
它咬着你

它咬着我的小心肝
我动用烟草
和酒精
我动用千军万马
陪它玩青春游戏

春天终究不来
它不过去
它是装修留下的甲醛
永远，住在我的身体里

五

我不知道自己是甜的
我在早上送给你
到了后半夜，却被人悄悄取回

后半夜还有坚硬的雨水
落在二月
患病的桃花从此拒绝再开

六

你种圆形的天气
长出弯曲的月亮
你种下我
长出一去不回的人

爱之旅（组诗选五）

苏丰雷

1984年3月生于安徽青阳，原名苏琦。2014年与友人共同发起"北京青年诗会"。2015年参与上苑艺术馆"国际创作计划"。著有诗集《深夜的回信》，文学随笔集《城下笔记》。现居北京。

邻女

你，太邈远了，从你父母的运河，
在少年的码头，我们挥手作别，
甚至来不及，烈风就卷走了
你一家人。此后，你杳无音讯。

你回来，是多么稀罕！想必迈入
港湾后，缓慢生活足够反刍
时间绳子上打过的结，或是脑幕驰过
我寒冷的影子让你愣了一会儿。你回来，

脸和着装都还是纯洁学生模样。
在我偌大的老宅，毛茸茸的灰尘覆地，
厚而均匀。我们面对，喜悦如你恰是

我因缺乏而痛的部分。大厅还有
七零八落的其他影子，我们你前我后折进
独处的房间，进行密切的痛快的合并。

致一位佳丽

你文静如你的丁香唇，
时尚如你的棒球棒小腿与美鞋的交配，
你美丽一如一颗小星。

你在城市，在公司，在单身，
你是女王麾下的女将军，
而女王是在掌上玩棋的高手。

木兰的决堤，早或晚：
女王，她要你盔甲不离身，
她要你去夺地盘，抢金银。

上谕多如蚁，哪一个也难完成。
你早已是一泓新趵突泉，
你的哭让你真正换上女装。

可你，还顽固于你的高傲，
哦，这可不是你一个人的病：
这古老的门当户对。

而爱，是一种探索与发现，
是生活，通过爱的对象，
反向创造自身。

大街上，姑娘的天鹅群。
你们撑起物质的半边天，
更应负起爱情的半边天。

飞马

一种稀罕的语法使你近乎唯美。我欣悦于
紧挨撑暖伞的你 嗅闻你的清芬。
姐姐，你是亲和、营养的纯净空气，谁不愿
被你奴役，因为美已处于一个世界的中心。
而我吸管般的身体中豢养着一匹纠结的马儿，
她愁苦而无言，踢踏着我身体的圈栏，她渴慕
寻找到让她能够孕育嘶鸣的材料和药引子，
为此，焦急于踏向未知的炼狱，在那
火场般的情景里锻炼自我。因此，我必得
告别你，一座女儿的花园，那近于
眼前的语言的、身体的丽质光影。
姐姐，数只年兽越岭翻山远遁而去，我不时
会想起你 安然于你的美中的绣像，还将你
真切地携进一方奇境。这于你会增加额外的辉耀，
于我是完善世界——

我们的写作坊于某日创办开张了，你依旧是
撑暖伞的柱梁。你和我说：我的气质
确实更合乎做文艺。我莞尔。自打认识你我就这么觉得。
我们办公室的斑驳墙壁继续抽象下去又如何，
老宫娥般的窗帘合不拢嘴 流出闪亮的哈喇子又如何！
偶有高人光临蓬荜并指引迷津。经常，我们
聚会一起 亲人般宴饮、闲聊、辩论。

——这世界足够美好，然而只是寄居于
我的身体内。我们属于更伟岸的世界，只是在
这世界走一遭踩着高跷。我体内的马儿正是在
这滚烫火热的尘世生出翅翼，她飞升飞升
飞升啊，把我顶得超越了固执的地面，
串联了真实的多枚宇宙。

只有肉体的记忆

只有肉体的记忆还在，
宛如石头的纹路。

青年男女在玻璃门中
鱼贯，门在某刻坏死。

我们在床上开始蜕衣服。

你的山，鞘，时间凝定。

你说：为何迟迟不来？
哦，没有那张床，没有你。

爱的困境

相爱者用他们虚空的臂膀拥抱，
这虚构的拥抱源自旷日的思念。
他们用理想主义追求理想的爱人，
用憧憬的语言筑造最高的爱巢。

对于他，世间的爱近乎神话，
作为怀抱诗歌站在渊处的人，
爱情像星辰的花朵高不可摘，
又如金币诱惑他抛弃怀中之物。

而她，是梦寐的神往，但世界
之网在他们之间制造扑朔迷离。
而爱的炽热，能否熔断网的栅栏？
爱的联结，能否令相爱者合符？

他只是常梦见，在故园的晒谷场上
金黄的稻谷沐浴着金灿的阳光，
而她偎依着他童年的床铺，
小憩，温顺一如亲爱的妻子。

无题（外三首）

袁行安

桃胶

一

未感知的疼，以水纹的方式停下来。

具体的玲珑，无色无味。

记忆，也拥有调味料的劣根性。

但依托我们到此的

仍是记忆，不是时间。

我们

不借相处的风暴裹挟而靠近，

我们借记忆本身。

我们非常认真地靠近，

将彼此卷入共同的——记忆。

但时间不，时间像深海阻断记忆反向的驱动。

二

一目了然，这颜色

也像顶阁楼上河豚般膨胀的热，

也向记忆潜水艇，挑战微豪的心跳，

也做藏污纳垢的蜷缩，幽暗而痛苦，

也像你我，分别进入

各自未完成的胶卷。

桃胶，你的证词，透明且轻盈。

轻易越过咳嗽，越过斑马线前等待的踵声

越过夜半的热血，

越过鲜奶，纸巾，鸭舌，泡面。

越过苦涩与甜蜜的药丸。

在那里，灌木繁星般闪烁着伤口平整的语言

在那里，汽笛声与任意门

旋转起星河般浩瀚的面具

在那里，沉默羽翼像冰淇淋般的丰盈且冷。

争辩

轰然展开。语感的倒刺，像无数幼鸟的翅膀
扑簌思维尖利的枝头，滚滚如星火。

蜗牛

我在走神
我潮湿的目光
在视线所及之处
留下痕迹
我缓缓地走神
像一只蜗牛
找另一只

无题

恰如其分的语言，仍迷路于标识林立的街道，
而暗沉的雾已被我提前饮下。
在意识荒原，零星如风筝般低空飞行着
意欲不明的词：桌子。
桌子上，没有阳光的照耀。
你绕行，将桌子点亮。
一株绿色的剔透生长于我的思绪之外。
你出现，又消失。
立即滑入暗处的桌子在暗处
激起一些陈旧的语言。
比如：你的影子。
你的影子，此刻在我的呼吸间闪耀，
像阳光，落进我的肺里。

虚拟之美（外五首）

张小末

女，本名陈超，浙江省作协会员，现居杭州，业余写诗及其他，著有个人诗集《致某某》。

傍晚

夏日薄暮。我在厨房
擦洗玻璃瓶，修剪两枝粉色玫瑰

点火，焖米饭。蔬菜在锅子里跳舞
粮食散发着淡淡的香味

在夕阳的余光里，看你的消息
要承认，前一刻切着洋葱的我
还在为昨日之事沮丧

人间烟火，多美好的傍晚。我想要的爱
他在回来的路上

潘多拉

她曾深夜无眠
她曾为某一人哭泣
而深深怀念
她曾隔着人群
与你遥遥相望，像一个温顺的妇人
垂首微笑。
她曾一再触摸锁骨间
的珍珠项链，小巧
圆满，张着一双银色的小翅膀
潘多拉。像她带着小秘密
在这世界走动
茫然四顾而无言
而恐惧和黑暗
美玉和泥沙
都曾先后抵达——

湖边，或纪念日

一年前的某个春夜

我们吃晚餐

喝黄酒一小瓶

微醺时，路过湖边

夜骑的年轻男子

笑声喧哗，眼里星光闪烁

身上是新鲜的荷尔蒙

你的往事和远方，也新鲜得

触手可及

"再停留片刻，我们便散去"

这庸常的春末

我们凝视着湖泊

也凝视过深渊——

蓝

一种蓝在深海叹息
一种蓝悬于明亮之处
一种蓝羞涩，但坚定地靠近了风

一种蓝沉醉于一场小小的
虚构的甜蜜
一种蓝剥落自己
鲜艳的汁水令人着迷

一种蓝奔跑，一种蓝静默
一种蓝狠狠扔出自己
但夜色合拢的时候，你看不见
她缓慢的悲伤

一种蓝抱紧另一种蓝

一次冒险的叙述

辗转。已被耽搁太久
远道而来的我们
春夜沉沉，两颗遥远的星星
正彼此呼应
似故人，如此熟稔

允许我暂别
那流离的过去，从不曾倾诉的幽闭和不安
以及，突如其来的中年
华丽之下底色黯淡
关于生活本身
总是暗藏着美丽而危险的定律

"春光越美越杀人……"
白天的句子
正进行一次冒险的叙述，而那些词语
战栗着
点亮了短暂的微茫——

虚拟之美

欲寄彩笺兼尺素

作为一个礼物，被赠送
他赐予生命、果腹之物
也赐予美和欲望
享用这世界的甜与苦
当一个盒子被打开
秩序的版图充满好奇和矛盾
拥有一切天赋
亦耽于虚拟之美
那么，摁住那些尖锐之物吧
我们寻找的和遗失的
这诸神的咒语：
忏悔或者怀念
情话亦如挽词
尘埃遍地
——她的冲突来自于内部

完不成的事（外四首）

马号街

南京大学文学博士，青年诗人，小说作者，出版有小说集《世界末日》（江苏凤凰文艺出版社2016年）。

第二次车过云梦
——给茉茉

人堵塞了车厢
我的角落空着
安静极了

我就坐在自己的角度
心想起
人海茫茫里碰到的茉茉
事情不可思议
我慢腾腾从她身边走过
她就荡然开花
花香
大约只有我闻到了

我要守着
免得被别人摘走

我要守好些
生怕
早早凋谢

我的角落空着
光带着太阳斜斜洒来
无边无际
我去很远的地方提水
而茉茉 摇曳生姿
正在我的空地中央怒放呢

完不成的事

想和心爱的人一起
坐在长河边 看日落

想和心爱的人一起
登到泰山顶 看日出

最简单不过的事情
却分别成了
黎明和黄昏 一辈子

最大的心愿
和遗憾

前往地球

一天
我们来到地球

你很喜欢
即在那里住了下来
我不喜欢
就回到了我的火星

一天
我想念你了
从火星上写了封信给你
你没有回复

我便动身前往地球
地球的人真多
七十亿
我得挨家挨户找

现在还没找到
比遨游宇宙慢多了

青春写意

老太阳的长睫毛温暖
填满单调的房间
我坐在房间

翻动旧报纸 旧照片
人物与我不甚相关
却走到跟前

阳光转动着我的背影
渲染了停止的挂钟
让它扭曲 变形

金色的十七岁
像一团废纸
投入墙角

一堆情书 小说 头皮屑
一堆烦恼
一块堆在那

情绪流

日子一天天，难免
有一天，会思念

我便搜出薄相片
一整天
看一张 薄薄的脸

日子久远了，难免
有一会儿，会怨恨

我又搜出细相片
一会儿
撕碎一条 细细的身段

后悔了，难过了
又难免修修补补
看似 完整的你

幸福的恋人（外四首）

吴友财

男，1982年10月出生于福建福清，福建省作协会员。诗歌作品散见于《诗刊》《星星》《诗潮》《中国诗歌》《福建文学》等。著有诗集一部。现居福州。

光速

有些星星我们暂时看不见
——它们发出的光尚未抵达地球
我们看得到的星星有些已经不存在了
——我们凝视的只是它们曾经的光芒

我看着夜空
可是夜空并不是我看到的模样

我爱你
你也不是我看到的模样

小镇

我想安居在一个小镇里，在那里
时间缓慢，空间广阔。在那里
风连着风，云层擦拭着每一扇窗子
在那里，夏天寂静得只剩下蝉鸣
夜晚，我只剩下你

这样美好的一个小镇，我想要和你
一起居住，我们给小房子围上洁白的
长长的栅栏，像打包一份精致的礼物
我走在街上，被人打量，我的前世
和今生。他们没有猜透的
我都愿意毫无保留地说出

除了我，他们也打量着你，亲爱的
你小鹿般娇弱的身影，你的眼神
和举止。在这个不设防的小镇
你是我最后一块封闭的领地
我在其间遍植花木，让玉兰树忧郁的
气息，流淌在木槿花细腻的阴影里

女人生气的时候
——给 TXQ

一个女人生气的时候
并不急着把怒火盛开
她手里握着河流
心头还住着寺庙
万物的结局无一不在一炷香里
烟消云散
女人的心看透了命运
女人的眼容不下沙子

好比此刻
怒火含苞待放
转眼间便要席卷千里
可是女人仍然不语
她无法避免寺庙在水中飘摇
也不愿河流过于平缓

幸福的恋人

小区有三栋楼，两百多住户，却只有两个环卫工
这对夫妻就住在二号楼一层车库边上的小房间里
他们除了每天晚上要逐层清空楼道里的垃圾桶外
还要保持各个区域的干净
这些区域包括：
每栋楼的互通层、楼道、公共大厅、楼下走廊及过道
他们偶尔还要清理：
住户们婚丧嫁娶时与节假日期间燃放的
各种烟花爆竹与香灰蜡烛
装修时倾倒的垃圾，平时扔掉的旧家具、旧家电
我不知道他们是否有多余的时间去接送他们的孩子
是否有足够的耐心给男孩讲一个完整的故事
带他去超市里闲逛，尝免费试吃的香梨
他们每天穿的衣服都近似
手里拿的不是拖把就是其他的清洁工具
随时待命。只有一次
他的爱笑的妻子，男孩的母亲
穿上了干净美丽的花布裙子，挎着小巧的手提包
矜持地坐上了他的电动车后座，驶出了小区
像一对幸福的恋人一样
他们融入这座城市花花绿绿的人潮里
阳光中，我目送着他们远去，仿佛看见
他们出了城，穿过一片金黄的油菜花田
去领一张八十年代的结婚证

经常在没有月亮的夜晚想你（外二首）

张继宝

浙江玉环人，硕士研究生，文学创作二级，《少年文学之星》副主编。剧本《猫》获第五届中国戏剧文学奖，发表有散文、诗歌、小说、剧本等多种文本。

经常在没有月亮的夜晚想你

黑夜总会无休止地把孤独抛向心坎
迈不过那道坎，我就慢慢地问你
知道在尽头可会有星星在
星星被云朵藏起来，不愿意露脸

你会在哪里做什么？经常这样地想你
会穿针引线给女儿织一顶帽子
会在电脑里百度某首歌曲如此美妙
眼光中满是慈爱，星星会发现

我相信月亮会把美妙放在胸间
我相信世界会有简单的期待
因为总是这样深刻的想念
看不透黑暗深处的尘怨

写给孤独

人走茶凉，影还在
抓灯只影，魂坚守。
你是朵远逝的云，
你的纯洁与蓝色共存。
这风咋起
叶子飘落满地。
看不见晨曦，
期待初升的太阳。

只是在这孓孓的路径上行走
无数的黑夜消失在身后，
爱也罢，恨也罢。
辈子只有自己能陪伴到老。

在南站的那个楼上

南站的那个楼上，伊有点想睡
女儿在一旁心不在焉地做着作业
更多的是情侣在窃窃私语
我知道很多年前的模样
也是这个样子，我一直就想的那个样子

南站的那个楼上，现在变成肯德基
各种消闲或是等车的人太多
有好多的美貌就这样悄悄在眼前呈现
一切都是这样消失，那是一种留恋
如果时光从头开始，一定也是这个样子

呵，一辆车来了，一辆车又去了
无数个夜晚就这样消失
你说过程总是如此剪熬
我又能体现到什么
来来去去一切总是这样虚空

西子之恋（外一首）

王智媛

女，祖籍山东，1989年1月21日生于黑龙江，现居浙江杭州，诗人，杭州市朗诵协会理事。

西子之恋

桥 最懂水的柔情
你相信时光不老吗
那缠绵了千年的细吻
依然保持着最深情的姿势

鸟 最迷恋柳的娇颜
你见过倾世红妆吗
那濯发时面颊泛起的娇羞
映红了天上人间

你彷徨在水渍斑驳的石岸
感伤着墨色晕染的孤单
其实你多心了
那执着的眼和伟岸的肩
只为等候一只摇曳生姿的乌篷船

你徘徊在情丝微漾的水边
叹息着不慎滑落的美玉
却不知
那纯净的心与爱的涟漪
唤醒了一世安暖的月光

世间万物皆有灵性
哪里　有阳光、空气和水
哪里　就有不朽的爱情

东方水墨卷

四月的一天
一个碧玉年华的女子
在春意绵绵的雨中
给花儿撑伞

风拂酥袖
是谁把樱花吹散
只留下绿色翅膀　迎风舒展
惹她痴心乱

雨湿羊毫
是谁在绮绘画卷

玉露中的春天　和她的素颜
或深或浅

鸟啼轻叩小伞
她优柔俯首　看了下时间
带着留恋
渐渐地走远

她的春天　她的素颜
就像她描绘的江南烟雨
一幅东方水墨卷
挂在晨暮的窗前

七夕情思

余金继

1962年3月出生，浙江开化人。中学高级教师。诗歌爱好者。

七夕情思

一

她在小桥的这头，我在小桥的那头。

"过呀！"

"都这把年纪啦。"

二

我从石桥上的廊道走过。

惊飞了座靠上的两只小鸟。

这就是古老的传说？

三

星空明月下，有一间茅草屋。

还有绿草和梅花鹿。

这就是世界的尽头，真好。

银杏

王雅梅

70后，杭城小学语文教师，玩童诗，写短句，爱美好的人间。随季节流转，追寻诗意，轻轻浅浅的文字，体悟生命的素心简意。有作品散见刊物及获奖。

银杏

如果我告诉你
爱情是一枚忧伤的叶子
是敏感而难缠的词语
你信吗

如果我告诉你
那些彩色的落叶
是爱情身上叮咚作响的饰物
你信吗

被初冬抚摸过的胴体
一寸寸金黄
一寸寸失守
滴落日子成熟的色泽

那些不羁的灵魂
那些忍不住的伤感
在仰沐阳光明月的时光里
缓慢老去

冬天的风吹起
有谁愿意
弯腰把我捡拾
佩戴在温暖如许的胸前

遥想

陈健辉

男，江苏启东人，沈阳大学旅游管理专业毕业，诗歌文学爱好者，现定居杭州，供职于一家国际知名金融保险集团。

遥想

2018的情人节，
我如何想起2068的情人节，
那时，我没有死，你也还活着。

玫瑰还是这时的玫瑰，
巧克力还是现在的味道，
欣赏一场电影，已是老眼昏花，
我们相拥的臂膀不会又僵又硬。

那就这个春天的情人节，
我们一起种棵爱情的橡树，
年轮够多的时候，
让木匠做把双人座椅，
安在院子里，
每天相拥而坐，看日出日落，风起云涌。
相拥的臂膀不会又僵又硬。

体温的钥匙

小　子

90后，诗歌写作者，居成都。

体温的钥匙

想打开你的身体

像打开一朵花

雪白饱满的花苞

带给我唯一的初觉

如同林中清泉

如同山边新月

清新柔软不仅仅是肌肤

你的身体躺在大地之上

如同月光横亘

岁月与清风流过

沾染不了你的泠澈之纯

为这不能被打开的心意

我要在你水晶的身中沐浴

顶礼膜拜

第六辑

【湖畔译社】

请听！一个声音正在靠近

请听！一个声音正在靠近。

打开来观看深渊，那里她养育着她

自己安静的火焰？——但

请听！一个声音正在靠近。

「请感恩吧，如果不圣洁的行为

蹂躏人间，平静就在这里。」

译诗

萧楚天

1991年生，曾参加《星星》大学生诗歌夏令营以及入选杭州"诗青年"出版计划，现于英国杜伦大学攻读英美文学博士，著有诗集《青鸟》。

过伊家门外

我冒犯了人们的指摘，
一步一回头地瞟我意中人；
我怎样欣慰而胆寒呵。

'Passing by Your Home'

By Jingzhi Wang[①]

I offended people
By stealing glances of you;
Step by step
How soothed and scared was I.

---

① 汪静之（1902.7.20—1996.10.10），安徽绩溪人。1921 年起在《新潮》《小说月报》《诗》《新青年》等杂志发表新诗，与潘漠华、应修人、冯雪峰在杭州西湖创立湖畔诗社。代表作《蕙的风》等。

月夜

霜风呼呼地吹着，
月光明明地照着。
我和一株顶高的树并排立着，
却没有靠着。

'Moon Night'

By Jingzhi Wang

The frosty wind was howling,
And the moonlight was shining.
Alongside a tall tree I was standing,
But neither was leaning.

死别

我死后你把我葬在山之阴，山之阴是阴凉而寂寥；

我要静静地睡在这里，我不要太阳光的照耀。

你不要种梅花在我的坟旁，梅花会带来春天的消息；

我愿永远忘了艳丽的春天，它会使我墓中人流涕。

你不要种牡丹在我的坟前，牡丹花是那样妩媚轻盈；

我埋在地下的骷髅，也要为它辗转反侧，不得安宁。

你不要种石榴在我的墓后，榴花的殷红有如火焰；

我已经变成化石的尸骸，也要因它而复燃。

当秋天来了，你不需去打扫，让秋叶坠落纷纷；

我愿一年年的秋叶积压在坟上，把我埋掩的深深。

你莫为我悲啼，那会使我想起生前你我恩爱的年岁；

冷落的沉寂的墓底的枯骨，要为了回忆而粉碎！

'Death Farewell'

By Jingzhi Wang

Please bury me at the south of the mountain, the south of the mountain is chill and lonely.

I wish to fall asleep there in silence, I do not need the sun's glory.

You, do not plant any plum bush near me, the plum blossoms

would bring news of the spring;

I prefer to forget the beauty of spring, it makes me weep in the tomb.

You, do not plant any peony before my tomb, the peony blossoms are lithe and enchanting;

And my bones beneath the earth would twist and turn and have no rest.

You, do not plant any pomegranate behind my tomb, the pomegranate blossoms are crimson as flame;

My bones that may have turned to fossils would burn again.

When autumn comes, you, do not sweep my tomb, and just let the leaves fall.

Let the autumn leaves fall and gather, and bury me deep.

You, do not weep for me, which would remind me of our years of affection and love.

My chill and lonely bones dry at the bottom of the tomb

Would be crushed by memories!

湖边作

云朵依旧踟蹰着，延展成柱
穿越灰色的西边：请看！这些水之域有着铁的光滑
被悄无声息的空气打磨着，鲜明地释放
对星辰的重复。
朱庇特、维纳斯，以及战神的红冠在他的伙伴中艳丽地招展
和尘世呻吟的原野保持愉悦的距离，
那里无情的众生发动无尽的战争。
这只是镜子吗？或者是冥界
打开来观看深渊，那里她养育着她自己安静的火焰？——但
请听！一个声音正在靠近。
伟大的潘神低语着穿越芦苇：
"请感恩吧，如果不圣洁的行为
蹂躏人间，平静就在这里。"

'Composed by the Side of Grasmere Lake 1806'

By William Wordsworth[①]

Clouds, lingering yet, extend in solid bars

Through the grey west; and lo! these waters, steeled

By breezeless air to smoothest polish, yield

A vivid repetition of the stars;

Jove, Venus, and the ruddy crest of Mars

Amid his fellows beauteously revealed

At happy distance from earth's groaning field,

Where ruthless mortals wage incessant wars.

Is it a mirror? -- or the nether Sphere

Opening to view the abyss in which she feeds

Her own calm fires?--But list! a voice is near;

Great Pan himself low-whispering through the reeds,

'Be thankful, thou; for, if unholy deeds

Ravage the world, tranquillity is here!'

---

① 华兹华斯（1770–1850 年），英国浪漫主义诗人，桂冠诗人。其诗歌理论动摇了英国古典主义诗学的统治，有力地推动了英国诗歌的革新和浪漫主义运动的发展。华兹华斯与柯勒律治、骚塞同被称为 "湖畔派" 诗人（Lake Poets）。他们也是英国文学中最早出现的浪漫主义作家。

湖岛

我要起身，我现在就要走，去无随岛，
盖起一间小屋，用黏土和篱笆：
种九行豆藤，一个蜂窝给蜜蜂，
在蜂鸣响动的林荫中独自生活。
在那里我要拥有一些宁静，宁静
慢慢滴落下来
从清晨的面纱上滴落到蟋蟀唱歌的地方。
在那里，午夜纯然是一片闪动的微光
正午则是炽热的紫
夜色中满是朱顶雀的翅膀。
我要起身，我现在就要走
日日夜夜，我听到湖水拍岸的低响
当我站在路边或者在灰色的人行道上
我就听到它，在心的极深处。

'The Lake Isle of Innisfree'

By W. B. Yeats[①]

I will arise and go now, and go to Innisfree,
And a small cabin build there, of clay and wattles made;
Nine bean-rows will I have there, a hive for the honey-bee,
And live alone in the bee-loud glade.

And I shall have some peace there, for peace comes dropping slow,
Dropping from the veils of the morning to where the cricket sings;
There midnight's all a glimmer, and noon a purple glow,
And evening full of the linnet's wings.

I will arise and go now, for always night and day
I hear lake water lapping with low sounds by the shore;
While I stand on the roadway, or on the pavements grey,
I hear it in the deep heart's core.

---

① 威廉·巴特勒·叶芝（1865 年 6 月 13 日~1939 年 1 月 28 日），爱尔兰诗人、剧作家和散文家，著名的神秘主义者，是"爱尔兰文艺复兴运动"的领袖。叶芝的诗受浪漫主义、唯美主义、神秘主义、象征主义和玄学诗的影响，演变出其独特的风格。早年的创作具有浪漫主义的华丽风格。

第七辑

【湖畔声音】

新湖畔，敢从现代步入后现代吗

"山水自有伟大的教诲""诗歌教会了我谦卑"（泉子语），游离焦虑，还归自然，这正是后工业时代的都市生活真正匮乏的诗意，而西湖，又一次给了"新湖畔"抉择的机会。

湖畔诗社研究若干问题考辨

张堂锜

张堂锜，台湾新竹人，先后毕业于台湾私立东吴大学、台湾师范大学，文学博士，现任台湾政治大学中文系教授、华文教育中心主任，台湾政治大学民国历史文化与文学研究中心主任。

【摘要】湖畔诗社是20世纪20年代初期成立的新诗团体。四位年轻诗人以纯美的爱情为主要创作题材，透过稚朴的文字、浪漫的想象、诗意的氛围与细腻的感受力，营造出一个充满美学力量和清新魅力的诗歌世界，堪称中国现代爱情诗领域的拓荒者。关于湖畔诗社的研究已有八十多年历史，但许多问题仍待厘清与深究。本文提出几个关键史料上的疑义，包括诗社的定位、成员人数、成立时间，以及和晨光社、明天社之间的关系，"反封建"形象的形成等诸多问题，进行思考和解释，并对既有的史料加以耙梳考订，希望能让相关的研究更加完善、深入。

关键字：湖畔诗社、晨光社、明天社、汪静之、《蕙的风》

前　言

　　湖畔诗社是中国现代文学史上继中国新诗社后成立的第二个新诗团体[①]，由四个20岁左右的志趣相近、性情相契的年轻人发起组成，他们是就读于浙江第一师范学校的汪静之（1902-1996）、潘漠华（1902-1934）、冯雪峰（1903-1976），以及上海棉业银行的职员应修人（1900-1933）。在"五四"新文学运动的思潮激荡下，他们于1922年4月在杭州西子湖畔成立，曾先后出版过《湖畔》《蕙的风》《春的歌集》等诗集，在当时产生过很大的影响，受到青年读者的热烈欢迎、喜爱，一度引起文坛的瞩目。尤其是汪静之的个人诗集《蕙的风》，在很短时间内印行六次，销售二万余册，这在新文学发展的初期阶段是不多见的。

　　对于湖畔诗社的关注与研究，最集中且热烈的阶段是20世纪20年代，曾为文谈论湖畔诗社整体风格与成就，或者是个

---

　　① 中国新诗社是"五四"时期新文学运动中出现的第一个松散的新诗团体，1922年初在上海成立，发起人有朱自清、叶绍钧、俞平伯、刘延陵等。以该社名义编辑出版以新诗创作为主的《诗》月刊，是新文学史上的第一个诗刊。自第1卷第4期起，《诗》同时作为文学研究会定期出版的刊物之一，直到1923年5月停刊，中国新诗社也随之结束活动。汪静之在许多地方都强调湖畔诗社是中国第一个新诗社团，如写于1993年的《没有被忘却的欣慰》中说湖畔诗社是"中国第一个新诗社"；写于1981年的《对青年作者的谈话》中也说："是中国最早的新诗社。"见《汪静之文集·没有被忘却的欣慰》（飞白、方素平编，西泠印社出版社，2006年1月），P57、39。《汪静之文集》的编者在介绍汪静之时遂写道："中国第一个新诗社团湖畔诗社的主要代表。"这个说法显然有误。

别诗人表现与特质的就有鲁迅、周作人、朱自清、冯文炳（废名）、宗白华、刘延陵等，这些知名学者及作家，为这一小小社团、几位年轻人相继发言，使得湖畔诗社的地位大幅提升。湖畔诗社受到瞩目，和汪静之诗集《蕙的风》出版有关，几首大胆表露渴望爱情的诗，被胡梦华等保守卫道者抨击为"挑拨肉欲""提倡淫业""有不道德的嫌疑"①，引起一场"文艺与道德"的激烈论战。1922年下半年，也就是论战前后的湖畔诗社，应该是其发展的高峰期。1925年"五卅"事件发生，迅速对这几位年轻诗人产生强烈冲击，应修人、潘漠华、冯雪峰先后加入共产党，投身于政治漩涡与战斗行列中，放下诗歌写作的纯美向往，转而追逐革命的宏大理想。汪静之虽未入党，但他也体认并决定："不再写爱情诗，不再歌唱个人的悲欢，准备学写革命诗。"②要"以诗为武器，为革命尽一分力"。③如此一来，湖畔诗社就因停止活动而在无形中解散了。

从1925年至1949年间，由于战火无日或歇，革命情势瞬息万变，时代风雨使这些诗人抛弃对爱与美的追求，带有明显政治倾向的战斗诗篇，成为他们主要的文学表现，个人的声音汇入了大时代的合唱中，他们的湖畔特色也就不复存在。和湖畔时期创作的热情相比，1925年以后的作品大幅减少，这就使得相关的讨论难有"五四"时期的盛况。二十多年的时间，仅有

---

① 以上对胡梦华文句的引用均出自其《读了〈蕙的风〉以后》一文，原载1922年10月24日《时事新报·学灯》，收入《湖畔诗社评论资料选》（王训昭选编，上海：华东师范大学出版社，1986年12月），见P107、108、112。
② 汪静之：《蕙的风》（1957年版）自序，《湖畔诗社评论资料选》，P283。
③ 汪静之：《回忆湖畔诗社》，《汪静之文集·没有被忘却的欣慰》，P38。

朱自清、赵景深、朱湘的零星短评，篇幅稍长的也只有沈从文的《论汪静之的〈蕙的风〉》和冯文炳的《湖畔》。这段时期可以说是湖畔诗社研究的衰退期。1949年以后，政治局势有了新的变化，至1976年为止，整个五六十年代，由于革命斗争的情绪高昂，使人们几乎忘了"爱情"在文艺中的存在与必要，以"爱情诗"为招牌的湖畔诗社自然受到打压和遗忘，相关的研究除了王瑶在1953年由新文艺出版社出版的《中国新文学史稿》中有不到二百字的评论外，可谓乏人问津。这段时期可以视为湖畔诗社研究的停滞期。

"文革"结束，进入新时期以后，湖畔诗社的研究终于迎来了又一次的高峰，堪称复甦期。这个阶段最重要的成果应该是由钱谷融主编的《中国新文学社团流派丛书》中所收录的《湖畔诗社资料集》《湖畔诗社评论资料选》二书，于1986年出版，其内容的丰富，已为后人的研究提供了弥足珍贵的第一手材料。书中的研究性、追忆性文章，比起以往显得多元而广泛，正如谢冕在1981年为王家新等人编选的《中国现代爱情诗选》所写的序"不会衰老的恋歌"一样，爱情永远是令人着迷的文学主题，它的声音尽管温柔而纤弱，但它的力量却是足以穿透时空、深入人心，湖畔诗人的爱情诗因此而有了新生的意义。20世纪90年代以后，相关的研究进入了深化期，贺圣谟于1998年出版的《论湖畔诗社》与2006年由飞白、方素平编的六册《汪静之文集》是指标性的著作。《论湖畔诗社》是第一本研究专著，对史料的考订格外用心，序者骆寒超指出："这部书分两大部分：第一部分是湖畔诗社评述，第二部分是湖畔诗人分论。我觉得两者的比例不够匀称。第一部分'评述'得虽扼要而中肯，但显得简略了一点。主体实际上是第二部分。这部分对几位湖畔诗人的论述颇呈异彩。"① 也许是作者和汪氏有一段长逾十年的交往，书中对汪静之的论述较深入全面，且迭见新意。至于《汪静之文集》的问世，不仅提供了有关汪氏个人和作品的丰富材料，对湖畔诗社的史料与研究也有许多比对参照的可贵线索。

从20世纪20年代的高峰，到三四十年代的衰退，再到五六十年代的停滞，以至七十年代末期到九十年代的复甦，九十年代以后的深化，湖畔诗社的研究经历了一个曲折而艰难的过程。进入21世纪后，相关的研究虽然不能说是学术的热点，但已渐渐浮出历史地表，深化与突破的工作正在缓慢地进行中，湖畔诗社成为中国现代文学史上虽不耀眼，却也不容忽视的一页，诚如《中国现代文学社团流派史》一书所下的结论："湖畔诗社这些专心致志地写情诗的同人，在他们的诗歌中构造了一座多么绚丽、清新的艺术花园。这座花园在整个中国现代文学的艺术世界里不仅昨天，而且今天也仍散发着浓郁的芬芳，具有无可争议的历史价值与美学价值。这正是这一社团流派的生命力之所在。"②

虽然关于湖畔诗社的研究已有八十多年历史，但正如上述，许多非学术的干扰使得相关的研究无法充分开展，至今仍

---

① 骆寒超：《论湖畔诗社·序》（贺圣谟着，杭州大学出版社，1998年6月），P3。

② 见陈安湖主编：《中国现代文学社团流派史》（武汉：华中师范大学出版社，1997年12月），P161。

有很大的探索空间，许多问题也仍待厘清与深究，包括研究方法与观念的更新、史料的挖掘与考证、视野的扩大与多面等，都有待研究者有所突破与超越。本文将提出几个关键史料上的疑义，进行思考和解释，并对既有的史料加以耙梳考订，希望能让相关的研究更加完善、深入。

一、湖畔诗社的定位

湖畔诗社的定位，似乎从一开始就不够明确。主要成员之一的冯雪峰在1957年为《应修人潘漠华选集》所写的序言中说："湖畔诗社实际上是不能算作一个有组织的文学团体的。只可以说是当时几个爱好文学的青年的一种友爱结合。"因为应修人编好了四个人的诗集《湖畔》，想找一家书店出版，"但没有书店肯出版，于是即由应修人出资自印，于四月间出版了，湖畔诗社的名义就是为了自印出版而用上去的，当时并没有要结成一个诗社的意思。"① 这样的说法，似乎认为湖畔诗社不是一个有组织、有计划、有宗旨的文学社团，而只是一个自然形成的文人群体。然而，另一名成员汪静之在《没有被忘却的欣慰——湖畔诗社71周年纪念》中则明言："中国第一个新诗社湖畔诗社1922年4月4日成立于西泠印社四照阁，创始人是应修人、潘漠华、冯雪峰、汪静之。湖畔诗社得到'五四'新文坛最著名的三大名家鲁迅、胡适、周作人的精心培养、赞赏爱护。当时请三大名家为湖畔诗社导师，请叶圣陶、朱自清、刘延陵

---

① 冯雪峰：《应修人潘漠华选集·序》，《湖畔诗社评论资料选》，P185。

三位老师为湖畔诗社顾问。"① 看来又似乎颇有计划，也有一定的组织。这两种说法的存在，使得至今许多研究文章对此以作家群体或以社团称之，或以流派视之，产生了一些困惑。

在众多的社团流派辞典或社团流派史的叙述中，湖畔诗社几乎都会被提及，但都是在含混的"社团、流派"之下，只有少数明确标举"社团"者如章绍嗣主编的《中国现代社团辞典1919-1949》，清楚地列入"湖畔诗社"词条，将其定位为社团，该词条一开始就写道："中国现代文学史上较早的新诗社团之一。1922年4月4日在杭州西子湖畔成立。"接着又提到，"以独具艺术特色的作品，成为有一定影响的湖畔诗派。"② 将社团与流派作清楚的区隔。这样的定位方式，我认为是比较符合文学史实的。尽管成立之时没有大张旗鼓，也没有公开和正式的宣言，但这并不妨碍其为一个"社团"的事实。晓东写于1982年的文章《湖畔诗社始末》中有一段叙述：

"湖畔诗社在西子湖畔成立的时候，应修人提出：'我们四人是好朋友，以后只有诗写得好而又是好朋友才吸收入社；不是好朋友，即使诗写得好，不要加入，而诗写得不好，即使是好朋友，也不要加入。'这一提议得到大家的赞同，成了不成文的以文会友的入社条件。为此，当时晨光社的社友魏金枝、赵平复因没有加入湖畔诗社而不高兴……"③

① 汪静之：《没有被忘却的欣慰》，《汪静之文集·没有被忘却的欣慰》，P57。

② 见章绍嗣：《中国现代社团辞典1919-1949》（武汉：湖北人民出版社，1994年8月），P729。

③ 晓东：《"湖畔诗社"始末》，原载《西湖》1982年第4期，文章末尾有附注，说明"本文写作时得到汪静之先生的指教"。见《湖畔诗社评论资料选》，P65。

虽然入社的条件是不成文，但有基本的要求：作品与交情，他们排除魏、赵二人的加入，说明了确有执行入社的审核机制，其为一文学社团应无疑义。一直到1924年冬天，为了以"湖畔诗社"名义出版诗集，好友魏金枝（1900-1972）、谢旦如（晚年改名澹如，1904-1962）才终于正式入社。

1925年2月，应修人还在上海主持创办了文艺刊物《支那二月》，以"湖畔诗社"名义每月出版一期，但只出了四期就停刊。这些都说明了"湖畔诗社"是一个文艺组织，是一个有正式名义在文坛活动的新诗社团。他们经常聚会，出版的新诗集也以《湖畔诗集》为系列名称，这些都是构成这个小型文学社团的基础条件。正因为其为正式社团，汪静之才会在晚年多方奔走，促成"湖畔诗社"于1981年初恢复，因而有"后期湖畔诗社""新的湖畔诗社"之说。

应修人于1922年写给潘漠华、冯雪峰的信中曾提到一些资料也可作为佐证，他在信中提到要退出明天社，汪静之在为此信注解中对此事做了说明："1922年《湖畔》诗集出版之后，《蕙的风》出版之前，在北京的几个人发起组织一个文学团体明天社，寄了宣言和章程给我（按：指汪静之），要我征求我们湖畔诗社和晨光社的几个人加入明天社作为发起人。"[1] 但后来明天社没有什么活动就很快解散了。显然，湖畔诗社的成立是为外所知的，而且是将其与正式社团晨光社等同看待，二者的社团属性可说是完全相同的。

成立社团并不难，"五四"时期的社团林立，据统计，从

---

① 此信收录于《湖畔诗社评论资料选》，P311。

1921年到1923年，短短三年时间全国出现的大小文学社团有四十多个，而到1925年，更激增到一百多个^①，然而，要成为一个文学流派并不容易，必须有足够的作家、作品，而且在审美共性与艺术特质上有接近或一致的表现才行。湖畔诗社虽然人数不多，却能以其鲜明、大胆、热烈的爱情诗在新文学史上脱颖而出，站稳一席之地，形成了令当时青年喜爱、后人向往的湖畔诗派。仔细推敲冯雪峰的说法，他说诗社不是一个有组织的文学团体，意在强调诗社成立的自然、宽松与偶然，不像文学研究会或创造社的组织严密，意图结合一批人力，透过机关刊物来宣扬共同主张。至于"当时并没有要结成一个诗社的意思"，恰好说明了"后来却成了一个诗社"。我们认为，湖畔诗社有社有派，由社而派，这应该是符合文学史实的学术观点。

二、湖畔诗社的成立时间与成员

关于湖畔诗社成立时间的说法不一，有的说是3月^②；有的说是3月底^③，大部分的学术论文或回忆文章则说是4月，汪静之本人则明确地说是4月4日，如写于1986年的《恢复湖畔诗社的经过》："湖畔诗社由应修人、潘漠华、冯雪峰和我创立

---

① 参见钱理群等著：《中国现代文学三十年》（北京大学出版社，1998年7月修订本），P16。

② 如王瑞在《"湖畔诗社"创作浅论》一文中说："'湖畔诗社'成立于1922年3月。"收于《开封教育学院学报》第21卷第1期，P15。

③ 如叶英英在《试论应修人的诗》一文中说："湖畔诗社，成立于3月底。"收于《宁波大学学报（人文科学版）》第8卷第4期，P31。杨里昂的《中国新诗史话》（长沙：湖南文艺出版社，1992年10月）也写道："湖畔诗社于1922年3月底在杭州成立。"见P65。

于1922年4月4日。"①或是写于1993年的《汪静之小传》："1922年4月4日我和应修人、潘漠华、冯雪峰成立了湖畔诗社，是中国'五四'新文坛第一个新诗社。"②至于成立的经过，晓东的《湖畔诗社始末》有清楚地描述："1922年3月，应修人为了会晤诗友，请假一周，前来西湖春游……3月30日，应修人来到杭州，住入湖滨清华旅馆11号房间……31日，汪静之带了潘、冯两人去见应修人，他们一见如故，也成了好朋友，一起同游西湖……4月1日，诗友们又欢聚在一起……他们在互相看了诗稿之后，由于汪静之已有诗集要出版，应修人提议将自己的诗和潘漠华、冯雪峰的诗也合成一集，争取出版，得到了潘、冯的赞同。晚上，应修人回到旅馆后，挑选诗作，准备编集。4月3日，应修人选好了诗稿，编成了一册三人合集，题名《湖畔》。应修人难得的春假即将届满，4月4日，诗人们又在一起研究〈湖畔〉诗集的出版事宜。由于出版诗集要有名义，在应修人的倡议下，成立了一个'湖畔诗社'……应修人以在杭'总欠多聚几天'的依依惜别心情，于4月6日离杭回沪了。杭州的三位诗人此时才想到，和修人欢聚了几天，却忘了一起合影留念，很感遗憾。为了补救，他们在湖畔诗社成立后的第四天——4月8日到湖畔一起摄影，以志纪念。"③

这段叙述将诗社成立的始末做了详尽的勾勒，很明确地指出成立时间是4月4日。

---

① 汪静之：《恢复湖畔诗社的经过》，《汪静之文集·没有被忘却的欣慰》，P51。

② 汪静之：《汪静之小传》，前揭书，P6。

③ 晓东：《"湖畔诗社"始末》，《湖畔诗社评论资料选》，P62、63。

但是，在孙琴安的《雪之歌——冯雪峰传》中叙述到这一段时，则是明确地写道："4月4日这一天虽然下雨，但四人仍冒雨去游玩，回到旅馆后，应修人表示，几人的诗都看了，西湖的主要景点也都玩遍，决定明天不出去，在旅馆里大家商量诗，于是4月5日这一天，大家聚在清华旅馆11号房，有了成立诗社的讨论和决定。"①这本传记在细节的描写上当然免不了想象的成分，但对成立的时间是明确主张4月5日的。《冯雪峰传》出版于2005年，估计作者是受到贺圣谟于1998年出版的《论湖畔诗社》一书的影响。在这部专论中，贺圣谟根据上海鲁迅博物馆藏的《应修人日记·1922》的记载，认为应该是4月5日，因为当天四个人没有去游西湖，应修人编好《湖畔》诗集准备要出版，于是倡议成立湖畔诗社，大家一致同意。但是，对于4月4日之说，他并未指出汪静之记错，只是他采用应修人的说法，而这个说法与汪静之晚年的回忆中所说的日期略有出入。

有趣的是，这个推论和同一段文章开头的叙述："七十多年后，当满头银发的汪静之老人在他的光线昏暗的客厅里对笔者追述这段遥远的往事时，他仍清楚地记得这次标志着青春时代的辉煌的会见，以及其后诗友们交往中的种种细节。"②显得有些矛盾。如果汪静之连游玩的细节都记得很清楚，为何会对更为重要的诗社成立日期反而记错呢？问题应该是出在汪、应两人对成立时间"认知"的差异上。在由汪静之的女儿汪晴所整理的《汪静之年表》中对此有一段值得参考的推论："3月31

---

① 参见孙琴安：《雪之歌——冯雪峰传》（杭州：浙江人民出版社，2005年7月），P15、16。

② 贺圣谟：《论湖畔诗社》，P1、2。

日至4月6日修人从上海到杭州，与静之、漠华、雪峰四人同游西湖，成立湖畔诗社并编成《湖畔》诗集。成立湖畔诗社的时间和地点，据静之说是4月4日在孤山的西泠印社四照阁；据修人日记则是4月5日因天雨未出游，在湖滨的清华旅馆成立的。估计是4日先有成立湖畔诗社之议，5日正式开始讨论和编辑诗集。"也就是说，4日的聚会中已有诗社之议，5日经讨论后正式定案。汪静之认为4日既已提议，自然就是诗社成立的时间，而应修人则认为5日的讨论决定才算是。两种说法都有其根据，但以4月4日之说较为普遍。笔者主张应氏的4月5日说，因为6日应修人就要返回上海，在返回之前将此事正式定下来的推论，应该是合乎常理的，而且因为讨论《湖畔》诗集的编辑事宜是在5日，将诗社命名为湖畔诗社，并将《湖畔》作为《湖畔诗集》的第一集，比较可能是这一天讨论的结果。应修人是主要发起人，也是整个社团的灵魂人物，正如汪静之所说："湖畔诗社是修人首先建议的，如没有修人，绝不会有湖畔诗社。"① 应修人对诗社的工作做得最多，也最投入，因此他的说法比较值得采信，而且日记的记载应该比汪氏多年后的回忆要来得可靠。

作为一个文学社团，湖畔诗社的规模极小，发起成立的仅四人。历史有时真的是偶然，当时应修人来杭州，汪静之约了同班同学潘漠华和低一年级的冯雪峰一起去见应修人，之所以是四个人的原因竟然是游湖的小舟只有四个座位，"人多了坐不下，人少了坐不稳——湖畔诗人的人数就这样由小游船的

---

① 　汪静之：《"湖畔诗社"的今昔》，《湖畔诗社评论资料选》，P289。

座位数决定了。"①第二个偶然是，原本只是讨论出版诗集，却由此成立了一个社团。更大的偶然则是，他们发自内心的自由歌唱，对美的向往，对爱的激情，竟然与时代同流合拍，获得超乎意料的回响，为自己写进了文学史册。

湖畔诗社的成员一开始是四人，但在1924年底，魏金枝、谢旦如入社，诗社的队伍增加为六人。谢旦如的诗集《苜蓿花》如愿以湖畔诗社名义列为《湖畔诗集》系列第四集于1925年3月自费出版，成了名副其实的湖畔诗人，这也是贺圣谟的专书《论湖畔诗社》要在最后列一章节专论谢旦如的缘故。

至于魏金枝，贺圣谟在《论湖畔诗社》的"后记"中说："魏金枝曾拟以湖畔诗集名义出版《过客》，但这本诗集终于没有问世。研究历史只能以既定的材料为依据，对于不曾出版的诗集当作出版过一样对待，我以为不妥。"②魏金枝和谢旦如一样，加入诗社的目的是要出版诗集，他的诗集已经编妥，原列为《湖畔诗集》的第三集，最终却因缺乏经费而没有问世，但他确实是加入诗社的，既已加入，就是诗社的成员，因此在论湖畔诗人时应该把他列入，才符合史实。和魏金枝交往四十年的欧阳翠，曾提及此事："他（按：指魏金枝）与湖畔诗社的发起人之一汪静之交往密切。1924年，他和谢旦如一起，加入了湖畔诗社，并创作不少诗篇，编成了诗集《过客》，原定作为湖畔诗社的第三个集子出版，后来因为印刷费不足而不再排印，但是诗社的第四个集子——谢旦如的《苜蓿花》，却在

---

① 贺圣谟：《论湖畔诗社》，P2。
② 前揭书，P269。

第二年3月自费出版了。"并不无感慨地说，"如果魏金枝的《过客》能在当时出版，一定也会在文学界产生反响，而使魏金枝以诗人的姿态走上文坛。"①

魏金枝的诗歌创作集中于1920年至1925年，多发表于《诗》月刊、上海《民国日报》副刊以及《觉悟》《责任周刊》《支那二月》等刊物，根据魏德平、杨敏生《论魏金枝早期的诗歌创作》的分析，魏金枝的诗有强烈的时代感和鲜明的革命性，"在一些写爱情、写友情、写母亲的诗里，也都贯穿着对现实的批判和对理想的追求。"② 如《死》《不爱了》《不怕死的人》《母亲的悲哀》等，都有对现实不满的强烈呼声。《过客》这部诗集虽然无缘面世，但若能将其散佚在当时报刊的诗作加以搜罗整理，对湖畔诗社研究的完整性与丰富性将大有助益。

湖畔诗社虽有六人，但核心成员还是众所熟知的四人。有人要将湖畔诗社成立之前的晨光社的成员如赵平复（柔石）、周辅仁，或者是应修人后来创办《支那二月》时在刊物上发表作品的楼适夷（建南）、何植三等，都列入湖畔诗人的队伍中，如此"虚张声势"，实无必要。汪静之在1986年写的《恢复湖畔诗社的经过》中提到："后来加入诗社的有魏金枝、谢旦如，并追认诗友柔石为社员。"柔石和汪静之、潘漠华、冯雪峰、魏金枝是浙江第一师范学校同学，也同为晨光社的成员，友谊深厚，但既然当时未准其入社，多年后再"追认"为社员，不管动机为何，都说明了20世纪20年代柔石并非社员，只是诗

---

① 欧阳翠：《回忆魏金枝》，《新文学史料》1994 年第 2 期，P142。
② 魏德平、杨敏生：《论魏金枝早期的诗歌创作》，原载《浙江学刊》1982年第 4 期，引自《湖畔诗社评论资料选》P264、265。

友，因此也不宜将柔石列为当年湖畔诗人之一。

湖畔诗社的作品数量并不多，以诗社名义出版的《湖畔诗集》系列仅有第一集的《湖畔》，第二集的《春的歌集》，以及第四集的谢旦如《苜蓿花》。此外还有汪静之的个人诗集《蕙的风》《寂寞的国》（1927年9月）等。《寂寞的国》虽然是在"五卅"之后才出版，但作品的写成是在1922至1925年间，仍可视为是湖畔时期作品。整体来说，这是一个"小而美"的新诗社团，成员与作品数量十分单薄，这和它在当时产生的热烈回响有些不成比例。因为它的"小"，在短短几年后就湮没在时代的洪流里，但也因为它的"美"，多年后终于又再度重见天日。

三、湖畔诗社、晨光社与明天社

由于湖畔诗人同时也列名为晨光社、明天社的社员，使得人们长久以来对这三个社团之间的关系有些混淆不清，董校昌的《晨光社与湖畔诗派》一文就提到这样的现象：

魏金枝在一篇文章中说：'及至湖畔诗社扩大基础，朱先生（按：指朱自清）便起而成为盟主。'曹聚仁也讲到过：'湖畔诗社由朱先生所领导。'

这里由于湖畔诗社的影响比晨光社大，印象深刻，所以在几十年以后回忆时，他们都把晨光社与湖畔诗社混为一谈了。"①

事实上，晨光社与湖畔诗社之间关系确实密切，可谓"本是同根生"，这"根"就是浙江第一师范学校。晨光社是浙江

---

① 董校昌：《晨光社与"湖畔"诗派》，收入贾植芳主编：《中国现代文学社团流派》（南京：江苏教育出版社，1989年5月）下册，P758。

最早的新文学团体，而且是以青年学生为主体的社团，成立于1921年的10月10日，由就读于浙一师的学生潘漠华首先倡议，得到同学汪静之的赞同，约请魏金枝、赵平复作为发起人，再联络蕙兰中学、安定中学和女师的文学爱好者二十余人①，在西湖畔成立，并通过潘漠华起草的《晨光社简章》。从这份简章可以看出，这是一个有组织、有计划、有理想的社团，共有定名、宗旨、社员、职员、经费、事业等六条，已经是现代社团的基本架构与特征，是名副其实的文学社团。虽然潘漠华在给茅盾的信中提到："社内实无特别的繁复的组织，也无将来的预计的步骤，只不过是自由的集合而已。"②但其与稍早成立的文学研究会、创造社一样，完全是符合现代定义下的文学社团。

虽然晨光社还邀约了浙一师以外的青年学生入社，但其发起与活动的重心始终是在浙一师，诚如董校昌的研究分析："晨光社的基本力量在一师，会员占全社的30%，除有学生十六人参加外，尚有朱自清、叶圣陶、刘延陵三位先生。他们既是会员，又是文学顾问，特别是朱自清，可以说是晨光社的实际领导者。"③湖畔诗社的汪静之、潘漠华、冯雪峰、魏金枝也都是浙一师的学生，所以这两个同样成立于西湖畔的文学社团，说是同出一源实不为过。不过，这里有个时间先后的问题。冬雪

① 从社员名录看来，后来入社的成员共有33人。参见《杭州晨光社会员录》，前揭书，P784。

② 见《潘训致沈雁冰书简》，原刊《小说月报》第13卷第12号"来件"栏，引自前揭书，P783。

③ 董校昌：《晨光社与"湖畔"诗派》，收入贾植芳主编：《中国现代文学社团流派》（南京：江苏教育出版社，1989年5月）下册，P758。

1979年的文章《访湖畔诗人汪静之》写道："汪静之先生告诉我们，湖畔诗社成立后……他们觉得人数太少，就发起成立了晨光文学社，邀请一师及女子师范的一些同学参加。"易新鼎1981年撰文《关于湖畔诗社、晨光文学社的两种说法》支持冬雪之说，甚至做出推论："群众团体由小到大发展，是一般的规律。在较多人数的晨光文学社里再分出一个四人组成的湖畔诗社，在事实上大抵不可能。更何况潘、冯是晨光社的负责人。"① 冬雪之作是访问稿，汪氏不是口误就是记忆有误，因为1981年《对青年作者的谈话》一文中，汪静之说："1921年我和潘漠华、魏金枝、赵平复（柔石）、冯雪峰等组织晨光文学社，是浙江最早的新文学团体。1922年我和应修人、潘漠华、冯雪峰组织湖畔诗社，是中国最早的新诗社。魏金枝、赵平复等人以学写小说为主，所以没有邀请他们参加湖畔诗社。"② 接着，1982年汪静之发表《湖畔诗社的今昔》，也明确写道："1921年10月10日成立的晨光社可以说是湖畔诗社的预备阶段。"再加上冯雪峰写于1957年的《应修人潘漠华选集·序》提到："晨光社是有章程的，成立于1921年下半年……这社的存在大约有一年的时间，在1922年下半年就无形涣散了。"③ 足见晨光社的成立确实在湖畔诗社之前。

晨光社的主要发起人为潘漠华，湖畔诗社的主要发起人则是应修人，应修人不是浙一师学生，而是上海的银行职员，他

---

① 冬雪之作见《西湖》1979年第5期；易新鼎之作则见《新文学史料》1981年第1期。

② 《汪静之文集·没有被忘却的欣慰》，P39。

③ 汪静之、冯雪峰文章见于《湖畔诗社评论资料选》，P289、186。

的身份似不宜加入以学校师生为主体的社团，而且他们四人的聚游畅谈以诗为主，应修人提议编印诗集，遂有结社之议，实属正常，何况连原是晨光社成员的魏金枝、赵平复都无法加入，可见湖畔诗社在形式上是完全独立于晨光社之外的文学团体，不可混为一谈。当然，在艺术追求与审美风貌上，两个社团确实存在着相应与相承的关系，对此，朱寿桐的说法就比较客观而周延，他认为："湖畔诗社是晨光社的成熟形态，也是向诗歌这一单项上'纯化'的结晶。"[①] 正因为一个是涵盖小说、诗歌与散文的文学社，一个是专门写诗的诗社，说明了这是两个定位与追求各有所偏的团体，纯粹以群众团体由小到大的发展规律来解释，从而判定湖畔诗社成立时间比晨光社早，显然过于牵强与简单化。至于潘漠华、冯雪峰身为晨光社的负责人，是否就一定不能另创他社？答案也是显而易见的。鲁迅在20世纪20年代中期，既领导莽原社，又发起组织未名社，即使两社的成员和活动上不免有所交叉重叠，但不能否认这是两个社团。

另一个文学团体明天社，成立于1922年6月10日，晚于晨光社与湖畔诗社。1922年6月19日在《民国日报》副刊《觉悟》上以《文艺界消息》栏刊登了《明天社宣言》，强调"明天社是专门研究文学的团体，他出版的明天是专门研究文学的刊物"，并提出"我们要求文学界的成长的明天，光明的明天，繁荣的明天！"可惜宣言发出之后，没有任何活动就在文坛销声匿迹了，直到1924年3月25日，在《晨报》副刊第64号的《通

① 朱寿桐：《中国现代社团文学史》（北京：人民文学出版社，2004年2月），P181。

信》栏中，才又出现以明天社名义发表的一则启事《今天的明天社》，解释明天社成立两年来因为种种原因没有做出任何成果，十分惭愧，但预告在1924年将会出版五本书，似有重起炉灶之态，但却仅出了两本即无疾而终，此后报刊上再也未见明天社的任何报道，悄无声息地消失了。① 在成立宣言的末尾列出了十八位发起人名单，由汪静之领衔，湖畔诗社的冯雪峰、潘漠华、应修人也都名列其中，这就引起了一场小小的风波，汪静之对此有详细的描述：

"1922年《湖畔》诗集出版之后，《蕙的风》出版之前，在北京的几个人发起组织一个文学团体明天社，寄了宣言和章程给我，要我征求我们湖畔诗社和晨光社的几个人加入明天社作为发起人。我把宣言和章程转交给各位，大家同意加入。不料在北京的几个人没有征求我们同意就把宣言在上海《民国日报》副刊《觉悟》上发表了，而且发起人名单上用我的名字领衔。人家见了，恐怕要当作是我组织起来的。什么事都没有做就登报发宣言，这种做法我是不喜欢的，我当时曾写信责怪北京方面的几个人不该过早地在报上发表宣言。修人也不赞成先发宣言的做法，迟疑了好久，才决定去信退社了。我和漠华雪

① 关于明天社的介绍，参见严恩图：《"五四"时期皖籍作家与新文学团体"明天社"》，《阜阳师范学院学报》2003年第6期，P23、24。虽然文中有些错误，但在相关研究甚少的情况下，仍属难得，其中引用的宣言、发起人名录等史料，值参考。文中提到原本计划要出的五本书是：胡思永作《思永遗诗》、韦素园译《梭罗古勃诗选》、章洪熙作《情书一束》《牧师的儿子》、程仰之作《悲哀的死》。但明确出版的仅两本：1924年10月由上海亚东图书馆印行的《思永遗诗》（书名改为《胡思永的遗诗》），扉页上标明为"明天社丛书之一"；1925年6月由北新书局发行的《情书一束》。其余则未见出版发行。《情书一束》也并未如预告所言是在1924年出版。

峰及晨光社的几个人觉得既已答应加入，退社也不好意思，只好算了。后来明天社什么事也没有做就无形消散了，发宣言成了放空炮，我当时觉得很羞愧。明天社完全是在北京的几个人包办的，要我为首负放空炮的名，真冤呀！"①

可见湖畔诗人与明天社之间，除了列名风波外，谈不上有任何互动交集。有关湖畔诗社与明天社的关系，有论者弄错成立时间先后，竟写道："作为明天社发起人中的许多人，在加入他种文学团体后，仍是在新文学战线上努力着，并做出了一定的贡献。"②接着举例中首先提到的就是湖畔四诗人。这正是时间顺序错误下的错误推论。至于将明天社说成是"继文学研究会和创造社之后而成立的第三个新文学社团"③，也是不符史实，应该是晨光社。或许是这三个社团成立的时间接近，规模都不大，成立的时间也不长，加上几位核心成员的重复，遂导致以上模糊不清的错误印象产生。"

四、湖畔诗社"反封建"形象的思考

1922年5月，《湖畔》诗集出版不久，潘漠华给应修人的信中曾说："我们且自由作我们的诗，我们相携手做个纯粹的诗人。"④汪静之说："这'我们'二字指的是湖畔诗社四个诗友，

---

① 见应修人致潘漠华、冯雪峰信，由汪静之加注，引自《湖畔诗社评论资料选》P311。这里说的北京的几个人，指章洪熙（章衣萍）、章铁民、台静农、王忘我（鲁彦）、张肇基、陆鼎藩、党家斌等七人，其中又以章洪熙、台静农为主。
② 严恩图：《"五四"时期皖籍作家与新文学团体"明天社"》，《阜阳师范学院学报》2003年第6期，P24。
③ 前揭文，P23。
④ 应修人：《修人书简》第15封，《新文学史料》1981年第2期，P228。

这一句话等于湖畔诗社的宣言。"① 在没有成为革命战士之前，他们就只是一群爱与美的歌者，流连在湖畔，做着纯粹诗人的美梦，吟唱着笑中带泪、泪中也带笑的个人声音。这四位年轻诗人各自有着不同程度与形式的爱情经历，受到"五四"婚姻自主、恋爱自由的思潮洗礼，他们勇敢地踏出个人觉醒的一小步，以诗歌写出个人酸甜苦涩的心曲，没有想到的是，这一小步，却产生了极大的震撼效果，理由很简单，因为这些诗"几乎首首都是青年人感于性的苦闷，要想发抒而不敢发抒的呼声"②。换言之，写作的动机很单纯，是爱的渴念，美的向往，是灵魂的骚动不安，但在那特殊的年代，却被赋予了"反封建""反礼教"的意义，甚至于，这个意义几乎成了湖畔诗社的价值，在许多的介绍或讨论里，反抗传统礼教成了被突出的焦点，例如王瑶《中国新文学史稿》对湖畔诗社的评论："以健康的爱情为诗的题材，在当时就含有反封建的意义；这些青年为'五四'的浪潮所唤醒了，正过着甜美的生活和做着浪漫蒂克的梦，用热情的彩笔把这些生活和梦涂下来的，就是他们的诗集。"③ 谢冕在《不会衰老的恋歌——序〈中国现代爱情诗选〉》一文中对湖畔诗社有一段评论，他也强调"爱情诗不曾脱离它的时代，它自然地加入了并成为那一时代争取进步活动的有力的一个侧

---

① 汪静之：《最早歌颂党的一首诗——〈天亮之前〉的写作经过》，《汪静之文集·没有被忘却的欣慰》，P29。

② 这几句话是朱自清对《蕙的风》的评论，他说："他的新诗集《蕙的风》中，发表了几乎首首都是青年人感于性的苦闷，要想发抒而不敢发抒的呼声，向旧社会道德投下了一颗猛烈无比的炸弹。"引自《汪静之文集·总序》，P3。

③ 王瑶：《中国新文学史稿》（上海文艺出版社，1982年11月修订重版）上册，P74。此书最早为1953年7月由新文艺出版社出版。

翼"，他认为"歌唱自由恋爱与婚姻的诗篇是与对于黑暗社会的抗争，对于被压迫者的同情的代表了民主主义倾向的诗篇一道出现的。它们同属于进步的思想解放的营垒"。①

不能否认，这样的诠释不完全是"误读"，但实在不是诗人创作的初衷。汪静之很诚实地坦承："我写诗时根本没有想到反封建问题，我只是情动于中而形于言，完全是盲目的，不自觉的。"②甚至于，他起初还大力反对写诗带有"反封建"等目的的功能性："当时多数新诗好像政治论文，用诗宣传反帝反封建的道理，喊革命口号，有的用诗谈哲理，有的用诗做格言，有的是单纯写无情之景。这类诗没有诗味，读一遍就厌了。"③所以他才会表示："以诗论诗，《蕙的风》不过一颗小石子，决当不起'炸弹'的夸奖。"④事实上，《湖畔》与《蕙的风》出版时，不论是周作人、朱自清对《湖畔》的评论，还是胡适、朱自清、刘延陵为《蕙的风》写的序，着眼的都是诗的新鲜风味、天真气象，以及在爱情与自然描写上的艺术特色与审美个性，以诗论诗，并未触及"反封建"的议题。

"反封建"的特色被夸大和凸显，是在胡梦华对《蕙的风》提出"不道德"的批判之后。胡梦华当时是东南大学学生，他对《蕙的风》中的诗句如"梅花姊妹们呵，／怎还不开放自由花，／懦怯怕谁呢？"（《西湖小诗·7》），"娇艳的春色映进

①　谢冕：《不会衰老的恋歌》，《中国现代爱情诗选·序》（王家新等人选编，武汉：长江文艺出版社，1981年9月）。
②　汪静之：《回忆湖畔诗社》，《汪静之文集·没有被忘却的欣慰》，P38。
③　前揭书，P36。
④　汪静之：《蕙的风》（1957年版）自序，《湖畔诗社评论资料选》，P283。

灵隐寺，／和尚们压死了的爱情／于今压不住而沸着了：／悔煞不该出家呵！"(《西湖小诗·11》)，"一步一回头地瞟我意中人"(《过伊家门外》)等深不以为然，认为这些句子"做的有多么轻薄，多么堕落！是有意地挑拨人们的肉欲呀？还是自己兽性的冲动之表现呀？"对于《蕙的风》的言情之作，他指责说："不可以一定说他是替淫业的广告，但却有故意公布自己兽性冲动和挑拨人们不道德行为之嫌疑……这些诗虽不是明显的淫业广告，堕落二字，许是的评。"既然这些诗"不止现丑"，而且"使读者也丑化了"，所以"这是应当严格取缔的呵"！① 这篇文章在《时事新报》的《学灯》副刊上发表后，引来了正反两极的争议，赞成胡梦华对《蕙的风》非难与攻击观点的守旧派固然有之，但反对胡梦华伪善嘴脸与保守心态者更多，鲁迅、周作人等均撰文为汪静之辩诬，这场"文艺与道德"的论争，参与的文章有十多篇，大多发表在《时事新报·学灯》《民国日报·觉悟》《晨报副刊》等具影响力的媒体，一时间成为文化界关注的焦点。

胡文讨论的重点分成文学与道德两方面，平心而论，从文学审美的角度，他的批评不无道理，例如"我以为《蕙的风》之失败，在未有良好的训练与模仿；在未能真欣赏，真领略到美丽的自然；在求量多而未计及质精。"② 确实值得年轻的作者思索。汪静之本身也清楚："这本诗当时在青年中读者很多，因为是一个青年的呼声，青年人容易引起共鸣，写得太糟这一

---

① 以上引用胡梦华的文句，俱出自《读了〈蕙的风〉以后》一文，《湖畔诗社评论资料选》，P107、108、110。

② 前揭书，P112。

点，也就被原谅了。"① 然而，在道德方面的抨击，却显出自己顽固与守旧的封建心态，于是尽管他在后来又写了《读了〈蕙的风〉以后之辩护（一）（二）（三）》，但在新旧两种道德观念碰撞的时代，思想解放显然是占了上风，这些略显幼稚的爱情诗，成了新道德的象征，"不道德的嫌疑"恰好道出湖畔诗人纯真的爱情诗表现出了"五四"时期争取个性解放、婚恋自主的时代精神。

在湖畔诗人的作品中，有一些对封建传统桎梏人心的反抗呼声，以及在不自由的环境下对美好爱情毫不保留地渴望与追求，这些作品构成了湖畔诗社的"反封建"形象，除了胡梦华所指摘汪静之的《过伊家门外》《西湖小诗》外，在汪静之《蕙的风》中还有几首也是直指封建礼教的罪恶，例如《窗外一瞥》：

沉寂的闺房里，

小姐无聊地弄着七巧图。

伊偶然随意向窗外瞥了瞥，

一个失意的青年正踽踽走过，——

正是幼时和伊相识过的他——

伊底魂跳出窗外偕他去了。

伊渐渐低头寻思，

想到不自由的自己底身子：

惨白的面上挂着凄切的泪了。

---

① 汪静之：《蕙的风》（1957 年版）自序，《湖畔诗社评论资料选》，P283。

这首诗描写女子不自由的处境与心情，"伊底魂"跳出窗外，是多么大胆而坦率的告白，但身体的桎梏与礼教的压抑，使这名爱慕青梅竹马的女子最终只能在短暂一瞥的震动后暗自垂泪，面对漫长的沉寂。又如《游宁波途中杂诗·2》："许多石牌坊——／贞女坊，节妇坊，烈德坊——／愁恨样站着；／含怨样诉苦着；／像通告人们，／伊们是被礼教欺骗了。"以贞节牌坊为象征，对中国传统女性为礼教所束缚的悲惨命运提出了沉痛的质疑与不平。面对爱情与礼教的对立，汪静之《在相思里·5》写着："那怕礼教的圈怎样套得紧，／不羁的爱情总不会规规矩矩呀。"潘漠华《若迦夜歌·三月六晚》也有类似的呐喊："妹妹，我们当知道，／在他们底面前，／是不许我们年少的结合；／我们当知道，／他们是可破坏的，他们是可破坏的！"表现出企图冲破封建礼教和传统束缚的决心与勇气。

不过，这类"反封建"色彩比较鲜明直接的作品，在湖畔诗人整体诗作中其实并不多，或者说，湖畔诗人当时写作的动机与用意并不在此，他们真正倾心歌咏抒发的是爱情与自然，这类有真情、爱意、美感的作品才是这些少经世事的年轻诗人所用心追求的，这一点，只要翻看《湖畔》和《春的歌集》即可明白。当然，作为诠释者，可以说这些爱与美的作品是在不自由、丑恶环境下的反抗姿态，但不管如何解读，我们应该同意，让爱自由，让美做主，才是汪静之等湖畔诗人内心所欲钩描的美好愿景，也是他们大部分诗篇所要传达的真正诉求。

朱自清就是从爱情的角度而不从反封建的角度来看待湖畔四诗人的作品，他在《中国新文学大系·诗集导言》中评论道："中国缺少情诗，有的只是'忆内''寄内'，或曲喻隐指之作；坦率的告白恋爱者绝少，为爱情而歌咏爱情的更是没有""真正专心致志做情诗的，是湖畔的四个年轻人。"① 言下之意，他们是中国现代爱情诗的开创者，是"五四"新诗初期情诗领域的拓荒者，他们以稚朴的文字、浪漫的想象、诗意的氛围与细腻的感受力，营造出一个充满美学力量和清新魅力的诗歌世界。

在《春的歌集》的扉页上印有两行字："树林里有晓阳／村野里有姑娘。"真是大胆的剖白，晓阳是自然之美，姑娘是青春之爱，可以看出，爱与美正是湖畔诗人锐意追寻的诗境。汪静之曾说："爱情诗、女性赞美诗最能使人得到美的享受，美的享受是诗的最主要的功效。"他甚至认为："爱情诗是经国之大业"②。因为爱，所以觉得美；因为美，所以值得爱。这些诗作让人着迷的叙述就在于弥漫在字里行间的希望、天真、美好、自由的气息。爱与美，是湖畔诗人的精神家园，也是湖畔诗歌的灵魂归宿。至于"反封建"或"反礼教"，应该说是无心插柳的意外，或者说是个人的偶然与时代的必然交会下的结果。

---

① 朱自清：《中国新文学大系·诗集导言》（台北：业强出版社，1990 年 2 月重印版），P4。
② 汪静之：《六美缘·自序》，《汪静之文集·六美缘》，P8、12。

结　语

　　有关湖畔诗社的研究，还存在着一些史料上的错误值得一提。汪静之写于1979年的《回忆湖畔诗社》一文中，对新诗出版的历史有以下的叙述：

　　"五四"第二年才出版了三本新诗集……新诗坛第四本新诗集——郭沫若的《女神》（1921年夏天出版），是异军突起……新诗坛第五本新诗集是《湖畔》，第六本新诗集是《蕙的风》。[①]

　　这显然是违背新诗出版史实的。首先，胡适的《尝试集》1920年3月出版，是现代文学史上新诗的开山之作。第二本是郭沫若的《女神》，1921年8月出版。第三、四本是康白情《草儿》、俞平伯《冬夜》，同为1922年3月出版。换言之，"五四"第二年出版的新诗集仅有一部《尝试集》，哪来的三本之说？至于将《女神》说成是第四本诗集，更是明显有误。至于第五本新诗集是不是《湖畔》，以个人诗集来说，1922年8月出版的《蕙的风》才是第五本，但如果加上新诗合集的话，1922年4月的《湖畔》是第五本，1922年6月的《雪朝》是第六本，《蕙的风》要算是第七本了。汪静之的文章写于1979年，按理不该出现这样的错误，可能是凭印象记忆为文，而有此误。同样是对新诗集出版时间的叙述，沈从文发表于1930年的《论汪静之的〈蕙的风〉》也有个小错误，他说："《蕙的风》出版于1911

————————

[①]　汪静之：《回忆湖畔诗社》，《汪静之文集·没有被忘却的欣慰》，P36。

年8月，较俞平伯《西还》迟至五月，较康白情《草儿》约迟一年，较《尝试集》同《女神》则更迟了。"俞平伯的《西还》是1924年4月出版，《冬夜》才是1922年3月出版，所以《西还》应是《冬夜》之误。康白情的《草儿》也是1922年3月出版，沈从文说"约迟一年"也不正确。

有关湖畔诗社的研究，在大陆或台湾均未受到太多的关注，经查中国期刊网自1999年至今的中国优秀硕士学位论文全文数据库、中国博士学位论文全文数据库，均无有关湖畔诗社的资料；台湾"国家"图书馆的全国博硕士论文信息网也是空白。看来，这群诗人当年在湖畔跋涉过的青春身影，确实被人们冷落或淡忘了。然而，细细品味湖畔诗人们在新诗草创期的年轻诗作，可以发现，处处有着爱与美的动人情愫，至今依然闪耀着动人的神采。那是四颗年轻的心灵在湖光山色里对人世真实的素描，对内在情感心理的深刻挖掘，在腐朽封建的窒息氛围里，他们的诗之所以受到欢迎和喜爱的原因，除了源自于纯爱、纯美意识下的题材选择与主题呈现外，他们具有个性化的写作，契合了"五四"时期个性解放、追求自我的时代潮流，加上他们不失童心、带着天真稚气的口吻与诗风，从某个意义上说，又是新生、年轻、希望的表征。这个性化与青春化的特质，正是湖畔诗社出现在现代文学史上因缘际会的深层背景。

郁达夫说："五四运动的最大的成功，第一个要算'个人'的发现。"这"个人"的发现，在19世纪20年代的诗坛，湖畔诗社的作品可以说是最具代表性与说服力的诠释之一。这些融入诗歌中的"自我",可以说是当时无数青年的缩影,他们所放情歌唱的也是当时无数青年共同的心声,个人抒情的声音,回荡在时代的舞台上,看似微弱,实则具有穿透人心的力量。

新湖畔，敢从现代步入后现代吗

海　岸

　　诗人，翻译家。浙江台州人，复旦大学教授。著有《海岸诗选》《挽歌》（长诗）等，译有《狄兰·托马斯诗选》《流水光阴——杰曼·卓根布鲁特诗选》《贝克特全集：诗集》（与余中先合译），编有《中西诗歌翻译百年论集》《中国当代诗歌前浪》（汉英对照）等。

西湖百年名楼——湖畔居

从黄龙洞上山，攀援保俶塔下的初阳台

西湖晨露未褪

翻越葛岭，悠然进入宋词

一步三回头

牵手同窗好友，步入谷底

春花秋月，更兼残雪

余音袅袅

大学的光阴似水

从白堤上船，驶向三潭印月

挨个扶塔留影，抑或

横一叶小舟

赏苏堤六桥烟柳

听曲院风荷南屏晚钟

飞越云栖九溪十八涧

——《踏青》（1984，海岸）

六月底应杭州"我们读诗"机构邀请，参加完"诗人、作家来到美丽洲，走读良渚"采风活动，又顺道来到西湖百年名楼"湖畔居"，应卢山之邀见证《大半生最美好的事：新湖畔诗选》（许春夏 主编）新书发布会，靠窗眺望三十多年前的西子湖畔，蓦然想起"春花秋月，更兼残雪"，写下一首少作《踏青》。时光倒转近百年前的1922年，中国首个文学社团湖畔诗社在"湖畔居"成立，冯雪峰、应修人、潘漠华、汪静之等诗人在此留下一批诗文，大胆真切，真挚纯真，以抒情短诗的形式开创了中国新诗源头期"真正的现代爱情诗"。百年后的新湖畔诗社重新集结，身旁的湖光山色更加璀璨，新一代诗人的思维也应更加开放，杭州青年诗人李郁葱、泉子、卢文丽、赵思运、卢山、双木等以人文西湖为主题的作品，清新自然，意境优美。敢问他们下一步是否思考基于这片山水的滋养，如何走向更广阔的世界？

八月底正值《外国文艺》约请"沙仑的玫瑰"开设专栏的第4期出笼，下半年三期主题意象设定西方文学中的"天鹅""头颅"和"花园"，笔者业已写到贝克特后现代花园中的花花草草，分析他那首《到那儿》（thither, 1976）的那支"黄水仙"，谈及贝克特这位杰出诗人一生历经纷繁、隐喻、博学而至"悲凉的极简主义"诗写风格，从英文到法文，从现代到后现代，最终修炼成一种冷静、周密而又诗意的言说方式，抵达一种铅华洗尽的练达、准确和优雅，或许对大家会有所启示。萨缪尔·贝克特（Samuel Beckett，1906—1989），一位毕生执着于荒诞生存境遇的作家，出生于爱尔兰都柏林郊区一个基督教新教家庭，一生文学创作反复萦绕的虚无与绝望的主题与宗教所要解决的命题息息相关。例如，他在早期诗歌《家园奥尔加》（Home Olga，1932）写下"坐等一片翡翠的盼望""E代表钴华的爱心""O代表蛋白石的信心"，传达出基督教"神学三德"——信望爱。他在《夜间髑髅地》（Calvary by Night，1932）一诗用典KJV版（即King James Version of the Bible缩写，1611年出版的英王詹姆斯钦定版圣经）《路加福音》23:33拉丁语源"Calvary"（加略山，髑髅地），即耶稣被钉死在十字架上的受难地。诗人贝克特在死亡之所抒写生命的诞生或复活，主旨却并非着眼于"受难"：

夜间髑髅地

水
水的荒芜

在水的子宫里
一枝三色堇跃起

夜间火箭般绽放的花因我而枯萎
闭合的花俯伏于水面
实现了花在水上的呈现
静静地荒废周而又复起
从最初的喷涌
到重隐于子宫
那低垂的无忧花瓣芳香散尽
渐退的翠鸟
因我而溺毙
我那缺乏养分的羔羊

直到一朵蓝花的喧闹
扑打子宫壁上
水的
荒芜

——（海岸 译）

Calvary by Night

the water

the waste of water

in the womb of water

an pansy leaps

rocket of bloom flare flower of night wilt for me

on the breasts of the water it has closed it has made

an act of floral presence on the water

the tranquil act of its cycle on the waste

from the spouting forth

to the re-enwombing

untroubled bow of petalline sweet-smellingness

kingfisher abated

drowned for me

lamb of insustenance mine

till the clamour of a blue bloom

beat on the walls of the womb of

the waste of

the water

《夜间髑髅地》这首小诗出自贝克特写于1932年，却出版于1992年的首部长篇小说《梦中佳人至庸女》，其自誉为"我奇思异想的收纳箱"，以一部长篇小说的完整形式和丰满结构刻画一个年轻贝拉夸的形象，讲述他在几个女人之间的爱欲恩仇，以饱含乐感的梦幻架构，描绘他在欧洲大陆和爱尔兰之间不倦地穿行。在这部带有半自传元素的小说中，小说家贝克特师法乔伊斯，陶醉于发明新词汇、制造新短语，使用多种语言，挑战语法陈规，赋予文本以特立独行的标点、缩进和行距；读者也得以管窥包裹在这"言语的丰繁""想象的肆意"和"智力的高妙"之中对人性的洞见，也成为他随后诗歌、小说和戏剧精神的追溯之源。

到了20世纪70年代，已化身为"荒诞派剧作者"的贝克特重拾诗笔，写下一首小诗《到那儿》（1976），简洁的诗风趋于极致，诗行间试图过滤感情的波澜，不见纷繁意象或象征，唯留"一声呼喊"，在时光中流动，"再一次／遥远地呼喊""一支黄水仙／如此的微弱"，无法让人听清，似乎也并不寻求为人所知，难以表述的"美丽的黄水仙／随后行进／／随后那儿／随后那儿"，无休无止，直抵虚无绝望的边缘，从中感受到贝克特后期对语言的沮丧，他在诗中使用的"黄水仙"抑或只是一个音符，真正的思想早已湮没于词语的深处。

到那儿

到那儿

一声呼喊

如此的遥远

如此的微弱

美丽的黄水仙

随后行进

随后那儿

随后那儿

随后从那儿

黄水仙

再一次

行进随后

再一次

遥远地呼喊

再一次

一支黄水仙

如此的微弱

——（海岸 译）

thither

thither

a far cry

for one

so little

fair daffodils

march then

then there

then there

then thence

daffodils

again

march then

again

a far cry

again

for one

so little

六月底参加"诗人、作家来到美丽洲，走读良渚"采风活动，追寻"良渚之光"如何升腾起五千年中华文明曙光。第一晚大家在良渚文化村"诗外空间"与跨界诗人颜峻一起嗨，使得他在良渚采集到一份田野录音，作为诗人的他曾应邀参加过鹿特丹国际诗歌节和柏林国际诗歌节，出版过英译本《他跃入另一个梦》（You Jump to Another Dream, 2012）和德译本《国际修理日》（internationaler tag der reparatur, 2016），近年开始音乐和声音创作并在世界各地演出。当晚笔者从他预设的第二出《临时的音乐》（为人声独奏者而做）的即兴独白中读到一丝贝克特后现代的意味。作品前后持续20分钟，隐约体现一种音乐性或美感，甚至可以说是某种感动，其实这在每个人身体里都是存在的。那一丝音乐性并不像噪音那么激进，却很现实，富有韧性和生命力。当晚笔者回旅店时从诗人颜峻的言谈中证实："这些天在读贝克特英文版 Text for nothing and short prose（无所谓文本及短篇故事），那种对主体的怀疑和探索非常有趣，导致语言从意图中脱离出来，但节奏感很强，自身的存在感强过了使用主体的存在"。当晚的"人声独奏者"是由浙大传媒与国际文化学院王婧教授出演，一个知性优雅的活生生的人，而绝非只是一个演奏者、一个媒介；她的语气、声音，以及对节奏的把控、对声音的理解，都像演绎经典作品的小提琴手一样，呈现给场外的观众一场豪华盛宴。舞台内场有两把椅子，一个谱架，一个话筒架，一个无声计时器及音箱；表演者坐在一把椅子上，另一把椅子位于场地灯光的开关处。乐谱由表演者自行抄写绘制，前半段表演放在谱架上，后半段表演就不再需要看乐谱：

　　0 ' 00 "：（灯光全亮）表演者端坐，等待全场安静。

　　　　　　用平静的语气描述场地，首先是主观的空间

　　　　　　和视觉印象：

保持平静、匀速，描述过程中可以略有停顿。

3′00″： 描述视觉和听觉之外的其他感官印象，随后描述更为主观的触觉和体感。

一定按照乐谱示例的内容去描述。也不一定总是使用"我"。增加停顿的时间。

6′00″： 描述听觉。不明确的声音可以说"可能是……"，但不用象声词模拟。

尽可能详细地描述所有声音，持续的、短暂的。

保持平静、缓慢，时间不够的话，可以调整乐谱的时限。

停顿的时间有长有短，给观众自己去听的时间……

跨界诗人颜峻在他"撒把芥末"音乐网站上谈及他的作品《临时的音乐》："临时"就是指现场发生的，无法预知的那些声音；至于为什么环境声也是音乐，则取决于怎样定义音乐。这样就面对一个挑战：真的什么声音都可以是音乐，做什么都可以是表演吗？他更倾向于一种戏剧性，觉得让人主动去听，这样的事件就是音乐，包括观众发出的环境声。他相信音乐在哪里都可以发生，包括在厨房里，但是不能表演杂耍，不能炫耀精湛技巧，而是让人看到案板和垃圾袋本来就是神奇的，每个人都是神奇的，时间里的每一刻也是神奇的。观众也许觉得实验音乐就是和观众对抗，"扇大众趣味一个耳光""你们是成心的吧，喜欢的人越少就越前卫是吧"。不知道观众怎么看，很多时候，观众跑来现场不是玩手机，就是寒暄，或者哭丧着脸，表演者也会觉得不爽，人家要在现场向大家实时描述自己听到的声音，中间会有几个递进的过程，越听越细，越专注，留给观众的空白也越长，而空白的能量往往是强烈的。这里有没有所谓的"寂静"？应该有些许张力；表演者想要一种张力，可以把日常生活撑开，让人将身上的未知世界自内向外发作出来。

　　贝克特在1937—1939年间就曾写有一首以声音为主题的法文诗：

漠然的音乐

寂静的心时间空气烈火沙子

爱情的流动

掩盖了它们的声音而我

我再也不愿意

缄口不语

musique de l'indifférence

cœur temps air feu sable

du silence éboulement d'amours

couvre leurs voix et que

je ne m'entende plus

me taire

（余中先译）

诗歌以并置形式列举名词，全诗也不设标点，让读者感知到它们之间不确定的关系。诗行中心点"寂静"，"掩盖了它们的声音"似是而非，"我再也不愿意／缄口不语"，悖论似乎一直无法解决，显然是在探究声音与寂静的特性及其二者之间的关系。诗中清晰显现的"我"，与其说是戏剧或小说中的人物，还不如说是诗人自身，诗歌中的人物与诗人自我的内心合二为一。贝克特似乎一生都在词语与音符之间，或者说在连续和停顿间、寂静和诗意间寻觅和阐释那些不可言说的奥秘。

回到贝克特后现代花园中的意象"黄水仙"，读者也许会自然联想到英国浪漫主义湖畔派诗人威廉·华兹华斯（William Wordsworth，1770–1850）那首名诗"The daffodils"，既可译为"水仙"，也可译成"黄水仙"；而贝克特笔下"美丽的黄水仙"（fair daffodils）透出一丝淡淡的哀伤，应该典出英国更早的一位诗人罗伯特·赫里克（Robert Herrick，1591–1674）的名诗《致黄水仙》（To Daffodils）的首句，国内一支独立乐团"印度草"曾将之改编成一首迷幻的摇滚乐翻唱，略带迷幻风格的吉他配合主唱迷幻式唱腔，味道十足：

美丽的黄水仙，凋谢得太快，

我们感到了悲哀；

连早晨出来的太阳

都还没有升到天灵盖。

停下来，停下来，

等匆忙的日脚

跑进

黄昏的暮霭；

那时我们共同祈祷，

在回家的路上徘徊。

我们也只有短暂的停留，

春天般易逝堪忧；

我们方生也就方死，

和你们一样，

一切都要罢休。

你们谢了，

我们也要去了，

如同夏雨之骤，

或如早晨的露珠，

永无痕迹可求。

Fair Daffodils, we weep to see

You haste away so soon;

As yet the early-rising sun

Has not attained his noon.

Stay, stay,

Until the hasting day

Has run

But to the even-song

And, having prayed together, we

Will go with you along.

We have short time to stay, as you

We have as short a spring;

As quick a growth to meet decay,

As you, or anything.

We die,

As your hours do, and dry

Away,

Like to the summer's rain,

Or as the pearls of morning's dew,

Never to be found again

"水仙"另有一个希腊语源"narcissus"典出希腊神话，美少年纳西索斯（Narcissus）的父亲是河神，母亲是仙女，生下纳西索斯后得到神谕：纳西索斯长大后会是天底下第一美男子，但他会因迷恋自己的颜值，郁郁而终。为了逃避神谕的应验，母亲刻意安排儿子在山林间长大，远离溪流、湖泊和大海，为的是让他永远无法看见自己的容颜。纳西塞斯如母亲所愿，在山林间平安长大，而亦如神谕所料，容貌俊美非凡，凡见过他的少女，无不深深地爱上他，但他性格高傲，只喜欢整天与友伴在山林间打猎，对于倾情的少女不屑一顾。山林女神厄科（Echo）对他也一见钟情，但是苦于无法表达自己的感情，只能简单地重复别人的话音。而纳西索斯对她的痴情不理不睬，铁石心肠，伤透了她的心。她请求爱的女神阿弗洛狄忒惩罚纳西索斯，伤心过度的她渐渐憔悴，漫无目的地消失在森林里，只留下忧伤的声音在山谷中回荡。故此，厄科之名蕴含"回声"之义。纳西索斯的冷面伤透了少女们的心，报应女神涅墨西斯（Nemesis）决定教训他，让他爱上自己的倒影，死于自恋，但爱神却怜惜他，让他死后化成水仙花，盛开在水泽岸边，清幽脱俗而高傲孤清。

贝克特写于1933年的小说《回声之骨》及其诗集《回声之骨及其他沉积物》（1935），尤其成为这部诗集安魂曲的同名小诗《回声之骨》（1934），标题均取自诗人奥维德《变形记》（第3卷第1章）所叙述的神话故事，讲述仙女厄科爱上纳西索斯，却遭到拒绝而日渐憔悴，就连骨头都化作石头，空余回声袅袅。值得一提的是，贝克特在20世纪30年代写好英文小说《回声之骨》，联系出版时因写作风格过于超前遭拒，激发他写作一首同题诗《回声之骨》，后来又用于他的首部英文诗集标题上；而这部小说直到八十年后的2014年才得由伦敦费伯出版社和纽约格罗夫出版社分别在英美两地出版。小说《回声之骨》"是一篇艰难有时甚至晦涩的小说，语调和气氛波动起伏，陈述意图时而闪烁其词。它那碎片的本质产生的张力通篇可见，不间断的互文借用，在不同文学风格之间的转换，以及含沙射影、一意孤行的语言，没有一样能让这篇小说凝集成整体"。小说《回声之骨》"还运用来自奇幻、非现实主义文类及叙述的手法，这让辨认其主旨难上加难，其中一个领域是神话；正如标题所暗示的，贝克特从奥维德《变形记》里借用了纳西索斯和厄科的故事"。（马克·尼克松，导言，贝克特小说《回声之骨》（朱雪峰 译），湖南文艺出版社，2016.）小说《回声之骨》

是由三个乐章组成，"三联画"实难以构成一个整体，第一部分讲述贝拉夸的复活及其与妓女扎波洛美娜·普里维特小姐的邂逅；第二部分是关于苦艾林的巨人高尔老爷，生不出儿子的他恳求贝拉夸的帮助得以所愿；小说最后一部分突然切换到另一个带有哥特式氛围的场景：贝拉夸独自坐在自己的墓碑上，看着墓地管理员打劫他的坟墓。小说《回声之骨》代表着贝克特在20世纪30年代成长过程中重要的一环，隐隐预示着其战后后现代主义的文本，陈述了他将在《等待戈多》（1949）以及后来反复重申的一个谜题："她们跨着坟墓分娩，日光闪烁片刻，旋即又是黑夜。"阅读贝克特小说《回声之骨》中离奇荒诞的故事情节、破碎闪烁的叙述语言、缠结的意念和逃逸的意义，不禁让笔者想起他同题诗作《回声之骨》（1934）中的诗句：

破碎不带一丝可怕或偏爱的风
意义和胡言手套般缠结四处奔逸
蛆虫们都信以为真
breaking without fear or favour wind
the gantelope of sense and nonsense run
taken by the maggots for what they are

（海岸 译）

重估中国湖畔诗社的文学价值及后世影响

尤 佑

尤佑，生于1983年秋，青年诗人，诗评家，著有《归于书》等。现居浙江嘉兴。

01
民国背景：平民主义和自由精神的胜利

中国新诗历经百年变化，是平地起惊雷，还是夹缝中求生存，无从定夺。显然，诗不是教化工具，而是内在生命表达的需要。回看百年，对于新诗肇始的研究，多谈启新之史学价值，却忽视文本细读。

20世纪20年代前后的新诗，叙事语言与研究者的心理期待相去甚远。站在现代汉语发展的角度审视，早期新诗显得热情有余、知性不足。介于诗与时代的共生关系，我们不应用简单的"成熟"或"稚嫩"来衡量，应关注孕育新诗的土壤及其生长养分。

张中良教授在《历史还原是现代文学学科拓展的有效途径》中说："中国现代文学就其学科性质而言，属于历史与文学的交叉学科，历史品格是其立身之本。"中国的现代文学被阐释为无产阶级所领导的反帝反封建的新民主主义文学。故文学的政治功能和社会作用被研究者倾之重力，而忽视了中国现代文学的本质生命力和"民国背景"。可以说，五四启蒙文学、20世纪30年代的左翼文学，再到抗战文学，他们的孕育、生长，都离不开民国背景。

一直以来，文化研究忽视民国视角。大抵有其政治根源。当时，社会处于"无政府主义者"的状态。但中国作为"亚洲第一个民主共和国"，具有独立的政治、经济、文化、法制、艺术、文学体系。尤其是当时的平民主义和自由精神，推动了新文化、新文明、新文学向前发展。

1912年到1921年的十年间，中国的民智发生剧变。在党派纷争、军阀割据、偶有复辟的政治背景下，人民对新思想、新生活的渴望，日益强烈。封建崩解，自由初蒙，平民演义，尤其是在经济较为发达的江浙沪，思想文化较为开放，许多人出国留学，进一步打开了文化视野。在新诗方面，朱自清编撰的《中国新文学大系》诗歌卷，浙江诗人占据百分之四十。1919年，五四运动爆发，这不仅是一场青年运动，影响涉及整个民族的方方面面。至于"全盘西化"的"后遗症"，暂且不论。但就当时来说，五四新文化运动是一场新思想与旧势力的针尖对麦芒。五四运动，较为彻底地推翻了士大夫阶层的专享专权。人民对思想解放的渴望，空前强烈，适逢"二战"后人道主义主张扩散。列夫·托尔斯泰将人道主义融入文学艺术，在中国有许多追随者。其中，俞平伯就是托翁的拥趸者。当俞平伯到浙江第一师范学校讲座时，"回归大众"的文艺观，引领了"湖畔诗社"的创作。从应修人、汪静之、冯雪峰、潘漠华的诗歌创作来看，他们的心里不仅装着白话的形式，更有让文学回归平民生活的主张。

如果说，胡适的《尝试集》是中国现代文学史上的第一部白话诗集，可谓新诗启程的官方代言，那么《湖畔》诗社则是真正的"青年"心声，是来自民间的诗性力量。

02
越过《冬夜》："中国第一个新诗社团"诞生

风起云涌的1921年，其意义是全方位的。对诗歌来说，郭沫若的《女神》横空出世，为20世纪的文学高潮之一。诗人创造的"凤凰涅槃"意象，高度概括了黑暗中国的重生愿景。当然，新诗的尝试并不"为我独尊"。自胡适强调"诗体大解放"后，刘半农、沈尹默、鲁迅、周作人、康白情、郑振铎、汪敬熙、朱自清、郭沫若、玄庐、刘大白、俞平伯等人都尝试过深浅不一的探索。其中，俞平伯已有属于自己的诗学建构。虽然他的诗集《冬夜》（1922年亚东图书馆）遭到很多人的反对，譬如，闻一多曾专门写《〈冬夜〉评论》一文，对俞平伯的诗歌创作提出了褒少贬多的批评意见，其认为，《冬夜》虽然音节"凝练、绵密、婉细"，但总体缺乏想象，意境亏损，单调寡味。可以说，闻一多从中国古典写意出发，不满足于思想和语言的生活化，故俞平伯等人的新诗，有过于粗浅的毛病。他曾经说："我本想将当代诗坛中已出集的诸作家都加以精审地批评，但以时间的关系只能成此一章。先评《冬夜》虽是偶然捡定，但以《冬夜》代表现时的作风，也不算冤枉它。评的是《冬夜》，实亦可三隅反。"依此言，如果闻一多不被暗杀，现代汉诗的"古典"继承定会更好。不置可否，在五四新文化运动之后，新诗的发展的确外倾严重。闻一多对俞平伯的"诗的进化的还原论""民众文学""贵族化和平民的论争"等诗学讨论持否定态度，皆因他们的创作主张不一。闻一多研究中国古典文化，创作《唐诗杂论》等，旨在为"衰微的民族开一剂文化药方"，而俞平伯则想用平民的思想去解决新汉诗的语言问题。

除俞平伯外，主张平民白话的大有人在。但同样也有梁实秋等人，认为胡适的《尝试集》矫枉过正，且认为："自白话入诗以来，诗人大半走错了路，只顾白话之为白话，遂忘了诗之以为诗，收入了白话，放走了诗魂。"即使这样的论争已经过去百年，我们依然可以从中找到某些关于汉诗的终极争端问题：诗为谁而作、汉诗究竟如何运用汉语等问题。

如此文化背景下，1921年1月4日，周作人、郑振铎、沈雁冰、郭绍虞、朱希祖、瞿世瑛、蒋百里、孙伏园、耿济之、王统照、叶绍钧、许地山等十二人在北京成立以"研究介绍世界文学，整理中国旧文学，创造新文学"为宗旨的文学研究会。作为响应，1921年6月上旬，留学日本的郭沫若、成仿吾、郁达夫、张资平、田汉、郑伯奇等人于日本东京成立创造社。

1922年5月上旬，一本叫作《湖畔》的诗集在上海出版了。这是一个月前刚刚成立的中国第一个新诗社团湖畔诗社的第一枚硕果。集中收有应修人、潘漠华、冯雪峰的诗作和从汪静之《蕙的风》中选出的6首小诗。初版3000册一问世，立刻引起了热烈的反响。郭沫若、叶圣陶、郁达夫等写信致贺。到了1922

年9月，汪静之《蕙的风》出版，由朱自清、胡适、刘延陵作序，周作人题写书名，短期内就印了5次，销售2万余部。1923年12月，湖畔诗社又出版了《春的歌集》，收应修人、潘漠华、冯雪峰三人诗作105首和冯雪峰怀念潘漠华的文章《秋夜怀若迦》。湖畔诗社的影响日益扩大，1925年3月又出版了谢旦如的《苜蓿花》，另外还创办了文学月刊《支那二月》。

诗歌是时代的先兆。《湖畔》的创作风向，一定程度反映了当时青年人的思想动态。浙江作为文学重地，引领全国的精神风尚。当时就读于"浙江第一师范学校"的汪静之、冯雪峰、潘漠华，经由在上海工作的应修人的联合与商榷，中国湖畔诗社正式在浙江西湖畔登台了。他们的创作比《尝试集》中的诗歌要成熟得多，既剔除了《女神》的高亢，也突破了俞平伯《冬夜》的寡味，一定程度上汲取了英国"湖畔诗派"的抒情养分，滋生了中国本土的"第一个新诗社团"。

03
抒情传统：自然与人的感受力的互动

中国是诗的国度，汉诗的精神不断传承，历久弥新。这印证了席勒关于诗的精神的论述："诗的精神是不朽的，他决不会从人性中消失；它只能同人性本身一起消失，或者是同人的感受能力一起消失。"湖畔诗社的诞生，是江南湖山与新文化背景下的民众感受力相融的结果。

起初，汪静之名气很大，个人诗集《蕙的风》经过多位名家的推荐以及胡梦华的反面论争后，人气鼎沸，应了这"名声"，应修人约于1922年初与汪静之通讯，结为诗友。1922年3月底，应修人到杭州西湖畔游玩，并组稿编成一集，即为《湖畔》的真身。从《湖畔》的选诗来看，四位青年诗人创作于1921年到1922年间的诗，诗风有所不同。随后，几个年轻人聚在一起，他们的诗歌热情被点燃。诗风互相影响，诗艺日渐娴熟。1922年4月初，应修人写了一首赠诗，题为《心爱的》："逛心爱的湖山，定要带着心爱的诗集的。//柳丝娇舞时我想读静之底诗了；/晴风乱飚时我想读雪峰底诗了；/花片纷飞时我想读漠华底诗了。//漠华的使我苦笑；/雪峰的使我心笑；/静之的使我微笑。//我不忍不读静之底诗；/我不能不读雪峰底诗；/我不敢不读漠华底诗。//有心爱的诗集，终要读在心爱的湖山的。""心爱的湖山"即为杭州西湖畔美景；"心爱的诗集"则是"湖畔诗人"纯真友谊的结晶。他们以诗之名，同聚杭城，初心可表，情真意切。其朴拙的语言源自情感的自然诉说。随着人类活动的加剧，自然与人若即若离。城居者过着忙碌的生活，想象力和社会性会驱使人暂时离开自然，但是心向自然的道路和道德的冲动将人拉回自然。诗的力量正同这种冲动有着密切关联。因此，当自然视野关闭之时，诗的能力并不会丧失，它只是在另一个方向下发生作用。故此，诗与自然，血脉相连。

热血青年，浸润于美丽的湖山，怎能不诗兴大发呢？正如1800年，英国著名的浪漫主义诗人、文学评论家柯勒律治迁居昆布兰湖区，觅得志同道合的华兹华斯、同为浪漫主义诗人的骚塞，他们的心灵就此抵近，成为文学史上著名的"湖畔诗人"。相隔百余年的"湖畔诗人"，他们之间确有某种相似的美学基因。正如朱自清所说："真正专心致志做情诗的，是'湖畔'的四个年轻人。他们那时候差不多可以说生活在诗里。潘漠华氏最凄苦，不胜掩抑之致；冯雪峰氏明快多了，笑中可也有泪；汪静之氏一味天真的稚气，应修人氏却嫌味儿淡些。"（《〈中国新文学大系〉诗集导言》）。他们的作品以抒情短诗为主，表现了新文学运动初期，刚刚挣脱封建礼教束缚的天真烂漫的青少年，对美好自然的向往和对幸福爱情的憧憬。他们的诗具备单纯、清新、质朴的美。

自然与人性，破除时空壁垒，遥相呼应。华兹华斯在他和柯勒律治的合集《抒情歌谣集》的序言中大谈诗歌语言的日常性，认为诗歌的主要目的是带给人精神上的愉悦。他宣布了与古典主义规范相反的新的诗歌创作原则，强调人的切身感受。无论是诗人、诗体抑或是诗歌题材。具体来说，在诗歌对于华兹华斯表现为一种趣味。在诗歌题材方面，华兹华斯主张不仅要写伟大的历史事件，也要写普通百姓的日常生活；在诗体方面，他主张发展民间诗歌的艺术传统，写诗应该避免陈旧的词句，采用民间生动的语言，因为它是一种更纯朴和有力的语言。他认为诗的韵律、节奏，必须在很大程度上与口语的音调相吻合。

事实上，中外的湖畔诗人都强调抒情的重要性。中国湖畔诗社的四位诗人共情于西方浪漫主义的诗写。试看华兹华斯的情诗《她是快乐的精灵》："她是快乐的精灵／当她第一次闪现在我视线／一个活泼的幻影／作为转瞬即逝的珍宝降临／她的眼睛美若黄昏的星星／她神色的头发也如黄昏一般／但是她身上其他的东西／却来自三月里的春光和欢乐的黎明／一个舞蹈的身影，一份幻想的欢乐／她埋藏起来，让人迷惑，让人吃惊。"（《她是快乐的精灵》节选）如此直抒胸臆，是诗人朴拙而真挚的写作风格的体现。与之有异曲同工之妙的，可看汪静之的《伊底眼》："伊底眼是温暖的太阳；／不然，何以伊一望着我，／我受了冻的心就热了呢？／／伊底眼是解结的剪刀；／不然，何以伊一瞧着我，／我被镣铐的灵魂就自由了呢？／／伊底眼是快乐的钥匙；／不然，何以伊一睐着我，／我就住在乐园里了呢？／／伊底眼变成忧愁的引火线了；／不然，何以伊一盯着我，我就沉溺在愁海里了呢？"这是汪静之创作于1922年6月的爱情诗。全诗重章叠句，以"太阳""剪刀""钥匙"三大意象表现爱情对年轻诗人的冲击。可谓以情制动，直抒胸臆。汪静之对待情感的态是质朴且自然，在1923年冯雪峰写作的散文《秋夜怀若迦》得到印证。他说："静之诗歌少经世事的折挫，尚保存着天真的人，他虽白日里，也敢一步一回头地瞟见他意中人。"由此可见，汪静之写诗的出发点是创作主体的心理自觉。

英国湖畔诗派创作的情诗，至今已为经典。流传甚广的有华兹华斯的《你为何沉默不语？》《我的露西》和柯勒律治的《她是快乐的精灵》《爱情》《爱的初降》《爱的回忆》。细读应修人、汪静之、冯雪峰、潘漠华等人的情诗，可以发现其中的共通之处，不仅在于人类对爱情的感知力相同，而且在语言表达上有着相同的美学追求，那就是以最朴拙的语言写出人类的日常感情。

当然，抒情传统是一方面，但倘仅以"情诗"定位"湖畔"，有失偏颇。英国湖畔诗派的追求也是多方面的。1815年，也就是《抒情歌谣集》出版15年后，华兹华斯重新定位自己的创作，他将诗歌创作能力概括为：观察和描述的能力；感受的能力；沉思的能力；想象和幻想的能力；虚构的能力。对于中国湖畔诗社的四位诗人来说，情诗创作也只是某个阶段的结果。在不同的境遇下，他们的创作追求呈现出多元风貌。

04
应修人："中国湖畔诗社"的发起人

应修人，浙江宁波慈溪人。14岁时，在上海钱庄当学徒，五四时期开始创作新诗。1920年任中国棉业银行出纳股主任，并发表新诗和童话。1922年，发起并运作"湖畔诗社"。毫无疑问，在湖畔诗社历时三年多的文学活动中，应修人最积极、出力最多。有评论认为，"应修人几乎以一己之力，架起了湖畔诗社这叶扁舟，在新诗勃兴时期，留下了独特的印记。"

1925年，随着左联文学的兴起，湖畔诗社的主将应修人、冯雪峰都汇入了其中。1933年，年轻的应修人为了搭救左联作家丁玲，坠楼身亡。从他的文学实绩看，革命性大于文学性。尤其是五卅惨案后，没有应修人的倡导，湖畔诗社的活动就终止了。

应修人的文学创作是从自学开始的。他在上海钱庄当学徒期间，就自学了许多中国古典文学著作。其代表作有《小小儿的请求》《妹妹你是水》《负情》《到邮局去》。

诸多主张白话写诗的人中，应修人算是最古典的一位。尤其是从《湖畔》到第二本《春的歌集》，应修人的诗歌创作风格有明显的变化。

《小小儿的请求》选择的主题是赞颂母亲。整首诗的层级随着地域的缩小，情感态势却越发强烈。"祈求"风雨雷电不要吹到自己的家乡，却反其道："还不妨吹到我家，千万请不要吹醒我底妈妈。"殷仪认为："这首诗还妙在诗外有画，画外有诗。"诗人选择了遇上狂风恶浪的游子的心境这一角度，明写游子深恐"风浪惊痛了伊底心"，实地地指向自己对故乡和母亲的怀念。"

相对来说，他的短诗创作更有嚼劲。譬如："篱旁的村狗不吠我，／或者他认得我；提着筦篮儿的姑姑不回答我，／或者伊不认得我。"（《或者》）这首或者起兴、对比的手法，完全出自于中国古风，寥寥数笔，将"姑姑"的陌生感体现出来；又如："田塍上受过蹂躏的青菜，静静地睡着；／还是绕些远路走呢，还是践伊而过呢？"（《彷徨》）此诗可见诗人的"悲悯"情怀，心中的彷徨，来自于自己对田塍上的青菜的感知。显然，成诗的前提是"受过蹂躏的青菜"有其象征意义。

依我所见，应修人和当时的许多文人一样，为顺应时代潮流，力主"白话"写作，誓言要与旧时代、旧文化决裂，但是从骨子里，他仍是古典主义的传承者，是中国抒情传统的一脉。

在五四新文学前行的道路上，仍有一批人对"白话新诗"的通俗化持怀疑态度，并提出批评的观点。应修人选择了折中路线，那就是丢弃古诗词韵律，解放诗体，却保留古诗词韵味。

试看收录在《春的歌集》中的一些诗，诸如《草地之上》《妹妹你是水》《偷寄》《信来了》《负情》《天未晓曲》等。用词准确、节奏明快、意象古典是这些诗的共同点。"蝉唱，蝉唱，／唱成一片。／绿荫，绿荫，／绿城一片。／我友，我友！／我们也／谈笑，谈笑，／笑成一片"。（《草地之上》）这首诗歌写于潘漠华、冯雪峰到上海与应修人聚会之时。时值七月，蝉鸣一片，绿荫一片，谈笑一片。这种用语方式，有古汉语遗风。应修人的名作《妹妹你是水》，同样是一首古典写意的诗作，把心爱的人比作是"清溪里的水""温泉里的水""荷塘里的水"，写出她的率真、暖心、高洁的品格，同时也有诗人与心爱的人，与读者的互动，颇有《诗经》的"思无邪"之风。

应修人只活了33岁，但其生命充满正能量。年少时，出外学徒，自学不辍；青年时，受五四新文化运动的影响，积极组织文学活动，发起并运作"湖畔诗派"；接着积极参加左翼文学联盟，每一步都掷地有声。1933年5月15日，他为正义而凛然一跳，留烈士英名雨青史，其"纵然天地一齐坍碎／可是从这败墟之内／依然有我的爱火飘飞！"，可谓诗成谶言，明证了他短暂的一生，只为追求自由飘飞。

05

汪静之："赞颂自然、咏歌恋爱"的"小孩子"

汪静之，安徽绩溪人，与胡适同乡。五四运动期间，他深受《新青年》影响，并开始写新诗。在与应修人通讯之前，他就与潘漠华、冯雪峰、赵平复、魏金枝一起成立了"晨光文学社"。他是一位大胆率真、性情敏锐的青年诗人。爱情诗集《惠的风》，对封建礼教有很大的冲击力，并引起了当时的"文艺与道德"争鸣。

郑择魁、王文彬曾撰文评论："汪静之以压抑不住的热情，胜利者的姿态，大胆地唱出了爱情的歌，热烈明快，把对爱情的歌颂与反封建礼教结合在一起，好像是投向旧道德的一颗炸弹。"但汪静之自己却认为《惠的风》，不过是一颗"小石子"。

"是哪里吹来／这蕙花的风——／温馨的蕙花的风？／／蕙花深锁在园里，／伊满怀着幽怨。／伊底幽香潜出园外，／去招伊所爱的蝶儿。／／雅洁的蝶儿，／薰在蕙风里：／他陶醉了；／想去寻着伊呢。／／他怎寻得到被禁锢的伊呢？／他只迷在伊底风里，／隐忍着这悲惨而甜蜜的伤心，／醺醺地翩翩地飞着。"（《惠的风》）

惠花是一种长在乡野的兰花。在汪静之的笔下，她暗香涌动，随风吹向自由，让黑暗为之颤抖。诗的开篇就直截了当，仿似"空穴来风"；而"锁""禁锢"都强化了"黑暗"的背景；继而是"惠花"的凝香与"风""蝶儿""伊"的融合转承，一种"执着追求"的况味，尽在其中。

汪静之认为："古代农民暴动的时候，没有武器，就拿锄头钉耙代替，也能发生作用，与此相似，在五四运动的大潮里，不过是一颗小石子的《惠的风》，却发挥了比小石子本身更大的作用。"

大多数诗人都经历过"荷尔蒙"创作期，汪静之的"新生的欲望""任性的神气"加上当时"道德束缚"的时代背景，让"惠的风"引来一阵骚乱。在沈从文看来，这"骚乱"的影响，对于年轻人来说，较之陈独秀对政治上的论文还大。汪静之富有敏锐的诗性，以至于当时他就写出了中国诗坛最早歌颂中国共产党的诗作《天亮之前》。

作为湖畔诗社情诗的代表人物，汪静之的诗歌热烈而单纯，率真且自由，体现了那时年轻人的精神风向。他对西湖情有独钟。其《西湖杂诗》（二十九首）和《西湖小诗》（十七首），将湖畔诗人的足迹与西湖美景完美结合，可谓"一切景语皆情语"。

"山是亲昵地擒着水，/水也亲昵地擒着山。/湖儿，伊充满热烈的爱，/把湖心亭抱在心里，/荡漾着美的波浪，/与他不息地接吻着。/东风来看望伊，/1柳儿拱拱手弯弯腰地招待着。"（《西湖杂诗》（其二））

推而演之，汪静之的诗歌有两大核心构成，即为"自然"与"爱情"，他以孩子般纯净的心，看自然山水，悟人间情义。正如朱自清的评价："他的诗多是赞颂自然、咏歌恋爱，所赞颂的又只是清新、美丽的自然，而非神秘、伟大的自然；所咏歌的又只是质直、单纯的恋爱，而非缠绵、委屈的恋爱。这才是孩子洁白的心声，坦率的少年的气度！而表现手法的简单、明了，少宏深、幽眇之致，也正显出作者底本色。"

06

冯雪峰："筚路蓝缕，以启山林"的探路者

以"湖畔诗社"为起点，冯雪峰毕生的创作量巨丰。涉及诗歌、杂文、论文、寓言等。他是浙江义乌人，一生钟爱文学。其文学之路受政治影响很大。1928年，因柔石而结识鲁迅，并负责上海左翼文学战线工作，任左联党团书记。1936年鲁迅先生逝世，冯雪峰主持追悼会。1941年被捕，囚禁于上饶集中营。"文革"期间，他受到造反派的攻击，于1976年逝世。

当时被朱自清认为"语言明快"的冯雪峰，凭着自己的勤奋努力，成为湖畔诗社停止活动后，后续力最强的一位。其实，通过《湖畔》《春的歌集》中的一些诗作，可以看到冯雪峰的创作潜力。

"片片落花，尽随着流水流去。//流水呀！/你好好地流罢。/你流到我家底门前时，/请给几片我底妈；——/戴在伊底头上，/于是伊底白头发可以遮了一些了。/请给几片我底秭；——/贴在伊底两耳旁，/也许伊照镜时可以开个青春的笑呵。/还请你给几片那人儿，——/那人儿你认识么？/伊底脸上是时常有泪的。"（《落花》）

可以断定，《落花》一诗，综合了《小小儿的请求》的主

题和《惠的风》的写意，是典型的湖畔诗风——"自然与人性的结合"。那么《猎人》一诗，就是一首较早的现代主义先锋诗了。它的出现甚至和西班牙诗人洛尔迦的《猎人》相呼应。

"红日登山的时候，／他负起弓儿出游；乘着轻风驾上箭，／飞呀，飞呀，／空天中的苍鸟！／／落日烧林的时候，／他吊着古剑归去；／剑儿拖地铮铮响，／接呀，接呀，／扫落叶的少妇！"（《猎人》）

较之于湖畔诗人的直白来说，此诗使用了"深度意象"，"苍鸟"与"落叶"之隐秘联系，恰恰留白了"猎人"狩猎的过程。这一笔法和西班牙行吟派大诗人洛尔迦的名作《猎人》相同。"在松林上，／四只鸽子在空中飞翔。／四只鸽子／在盘旋，在飞翔。／掉下四个影子，／都受了伤。／在松林里，／四只鸽子躺在地上"（洛尔迦《猎人》）。我甚至猜想，冯雪峰有可能读到过洛尔迦的作品，并有意仿之。根据时间推断，在中国，最早翻译洛尔迦诗歌的人是戴望舒，洛尔迦出现在冯雪峰的视野中，极为可能。且新汉诗的现代主义大萌发就是在20世纪20年代，诗歌评论家汪剑钊曾说："中国的新文学滥觞于十九世纪末，崛起于二十世纪初，继而在二三十年代奠定不可移易的基础。新文学萌芽—崛起—繁荣的过程恰好与西方现代主义文学的发展同步。"何况，五四运动促使中国文人"别求新声于异域"，谁能说，湖畔诗社中没有现代主义的萌芽呢？

湖畔诗社对中国新诗发展的贡献，远不止是思想的解放，也在于诗体本身的探索。冯雪峰非常注重诗体的解放，注重语言的铺陈与推进，比如《落花》中的句子遵循"短短长——短短长——短短长"的节奏。既有行吟之味，又有层层深入之感。

07

潘漠华："饱尝人情世态的辛苦人"

潘漠华，又名"若迦"。冯雪峰的《秋夜怀若迦》，情深义重，收入在1923年《春的歌集》卷末。

冯雪峰把潘漠华和汪静之作了比较，也将《夜歌》和《惠的风》比较。他认为，"若迦却是饱尝人情世态的辛苦人。而且又被盲目的命运所摆弄，爱了一个礼教和世俗都不许他爱的女郎；他们底爱是筑在夜底空中，他们在日里虽然遇着，是你还你我还我呀！"

可见，应修人所言"漠华的使我苦笑"恰如其分。潘漠华的爱情诗是缠绵悱恻、矛盾哀伤的。其代表作有《草野》《回望》《雨后的蚯蚓》《怅惘》《问美丽的姑娘》《若迦夜歌》等。

"哭泣""踯躅""坟墓""悲哀"等灰色调的词语常常出现在这位"感伤主义"诗人的诗中。

"出了茶店，过了雨路，又进了酒店。/我不愿筑新坟在自己的头上。/雨后蚯蚓般的蠕动，是我生底调子。/我的寂默？寂默是无边，悲哀是无边。/愿海潮是我身底背景，火山是我身底葬地。/雨湿了相思的路？我底爱人！我底爱人！"（《雨后的蚯蚓》）

因为用词较为生僻，潘漠华的诗歌不容易被大众接受，却因悲情而增添了婉约和朦胧的面纱。尤其是在那个破除媒妁婚姻、倡导自由恋爱的年代，他的情感基调，本身就是诗味。

关于潘漠华的苦情，冯雪峰有文记载："而且我想到那个只因和情妇说了几句话，便被恶徒们绑捆到戏台上去示众，受莫大的耻辱的是你（潘漠华）底哥哥。他受了这莫大的耻辱，愤怒之余，力加奋勉，出外求学；却在途中有被横盗所劫，因此他不久便死了。这样收拾了一生的是你底哥哥。想到被无情的男子欺负了，因而被夫家拒斥，因而归娘家，受尽了种种侮辱遗弃轻视的是你底姊姊。"

正是这个"悲苦"的家庭，造成了潘漠华"孤僻的性情，虚无的色彩"。而在浙江第一师范学校的一段爱情，无疑是雪上加霜。据汪静之回忆："……因为他所爱的姑娘是封建礼教所不许可的，他心里一直觉得很有愧，所以他自卑自责。1921年上半年他曾和我谈过他这个秘密，他说他不曾告诉过任何人，要我守密。湖畔诗社四诗友本是无话不谈的，但因漠华要我守密，所以我对修人雪峰也没有谈起过。漠华的弟弟应人同志对我说，他从他哥哥的遗物中发现他哥哥的恋人很可能是某一女人，但只觉得可疑，不能确定。我说：'就是她。我是唯一知道这秘密的人。已经过五十九年了，现在不妨公开了。'应人说：'她还活着，还是不公开好。这秘密连我母亲都不知道。"（《修人集·书简·注释》）

"问世间情为何物，直教人生死相许！"，潘漠华虽然最后选择了与邹秀兰结婚，但事实上，他的爱情已入坟墓，徒添诗的悲情，应了那句"倘若他真毁灭了他自己呢？"

寂寞无边，爱情无价，一颗追求自由的心安放在受难的灵魂里，潘漠华以诗歌呼唤他的爱人。其创作的一百多首诗歌，为中国新诗的开端抹上了浓墨重彩的一笔。仿佛命由天定，他年仅32岁的生命历程，悲乎壮哉！自1925年3月以后，潘漠华便不再徜徉在诗的国度里，他毅然走上革命之途，加入了中国共产党。先后在武汉、杭州、上海、厦门、开封、北京等地为革命事业奔忙，两次被捕入狱。1933年秋，他任中共天津市常委，兼宣传部长。次年2月被捕，在狱中团结难友为反虐待而绝食，就在第三次绝食斗争中，他被灌以滚烫的开水而壮烈牺牲。

08
谢旦如及其他：不容忽视的"短歌"

在中国新诗变革之际，日本的自由诗创作蓬勃发展。可日本白话诗对中国新诗的影响甚微。反而，经由周作人介绍，日本的俳句对中国新诗创作产生过不可估量的影响。冯雪峰、汪静之等人都有大量的短歌创作，随后加入"湖畔诗社"的诗人谢旦如更是"短歌"的迷恋者，他的《苜蓿花》可以证明。

余冠英曾说："五四时期，模仿'俳句'的小诗极多。"其中就有郭沫若、康白情、俞平伯、徐玉诺、沈尹默、冰心、宗白华、应修人、汪静之、冯雪峰、潘漠华、谢旦如、谢采江、钟敬文等。当然，这些诗人并非都受到了日本的和歌俳句的影响，和歌俳句也并不是中国小诗形成的唯一条件。

周作人曾经指出："中国的新诗在各方面都受欧洲的影响，

独有小诗仿佛是在例外，因为它的来源是在东方的；这里边又有两种潮流，便是印度和日本……"

且看《苜蓿花》节选："听说她底坟上今年生了枯草，／四围的柳粑也结得密密齐了，／只是丁香的叶里还没有花飘。"（第十一节）"野风吹暖了春寒的深山，／老高的榴树红如火焰，／怀春的阿秀更狂了。"（第27节）"茶香处，姑娘多，／弯弯的涧水边有软软的路，／斜阳淡淡里，茅舍迷蒙了。"（第33节）

三行成诗，用简单的意象组合，形成奇诡的诗意。所选的三节，与日本的俳句相似，皆有明显表示季节的词语。如"丁香""春寒""茶香"。当然，谢旦如、冯雪峰、汪静之的短歌创作，并没有完全按照日本俳句的路数，而是取其自由形体，进一步解放了当代汉诗的诗体。

09
现代启示录：从诗意的本体出发

湖畔诗社的集结显然和西湖特有的地理优势相关。最初的四位诗人均不满二十岁，处在荷尔蒙写作阶段。他们的热情与江南湖山的交融，既是新文化、新思想的表征，也是自然与人性的极致融合。这让我想起，鲁迅先生和太宰治在日本松岛的相遇，他们的友谊建立在人性的孤独与自然的沉静之上。由此看，大好湖山，唤醒了生命本体的良知与友爱。

随着新文化运动推进，西方文艺理论成为中国近当代文学的审美支撑。现代主义萌发和生长，不可逆势。湖畔诗社的诗人各奔前程，西湖山水成了记忆中最美好的部分，湖畔诗社停止活动。应修人、潘漠华因革命而成烈士，年轻殒命；冯雪峰积极参加左联活动，诗兴不作；新中国成立后，汪静之虽有承续"湖畔诗社"之举，但诗的时遇不同往日，辉煌不再。可见湖畔诗人虽有开宗明义之功，但因缺乏系统深入的文学主张而根浅难固。加之，中国文学与政治的密切关系，当代汉诗的"本体观"，日益淡化。

文随代变，湖畔诗社的诗歌已然完成了它的历史使命，但我们仍可以从继承发展的角度，考量其在当代汉诗发展史上的意义和价值。尤其是湖畔诗社的抒情特色对于国际化进程中杭州这座山林城市的文化意义。可以说，真正的抒情，是从生命本体出发，屏除过多的外界纷扰，重视语言与情感的精致融合。

无奈，我们所处的时代与当下的主流艺术形式、欣赏趣味，被城市化进程搅得天翻地覆。在经济飞速发展的当下，再提"湖山精神""天人合一"，似乎有些不合时宜。但杭州这座山林城市以其独特的地理优势和文化底蕴，诗意地彰显了人性的光辉。这正是"湖山精神"的恒久在场。毕竟，对于单独的生命个体来说，敏锐地找到人与自然的联系，归于自然精神的谱系，有利于人类正视自己内心的品质。20世纪20年代，湖畔诗社代表了人们对浪漫主义的向往，《惠的风》可称得上是开社会风气之先。它不仅抛弃了押韵的格式、陈旧的格律，更将一颗年轻且充满求真意志的心，呈现给读者。一批年轻人，与西湖山水唱和，纷飞的思绪萦绕在曼妙的抒情之中，或苦或甜，或独立或迷惘，他们是最早将自己的身体意识与自然精神相结合的新诗写作者，且为此做出了不可毁损的贡献。

时至今日，人们不得不回顾反思，当代汉诗的前途在何方？是不是仍坚持西为中用，还是恢复传统汉语的光辉？不得而知。正在此时，生活在杭州的青年诗人喊出"是时候回归诗歌纯正的抒情传统了"的口号。在《大半生最美好的诗：新湖畔诗选》的序言中，青年诗人卢山指出："一个诗人在书写自己的命运时，也就书写了一个时代的命运。"当代汉诗的最大问题就是不用诗意和语言的本体来度量，而混杂元素过剩。如何提纯诗意，净化诗思，值得诗人们用行动赢得真正的诗歌尊严。"就诗歌的文化价值而言，它可为时代的先锋，可引领时代风尚。但如今汉诗并未获得其相应的尊严，成为自恋者自吹自擂的工具，成为名利之附庸、社交的手段。毫无疑问，这样的诗歌是远离自然、远离本体的虚妄之物。

重新审视湖畔诗社的文学价值及后世影响，就是要弱化诗歌的"社会教化功能"，而进一步强调湖畔诗社的文学价值与本体精神。无论是抒情，还是叙事，我们都应遵循诗的本身——语言的本身。据此推演，诗是自然与肉身的消解与重构，而绝非社会的工具。

10

新湖畔诗选：精致抒情与湖山静修

2018年5月，国际文化出版公司出版发行了《大半生最美好的事：新湖畔诗选》。该书由诗人卢山策划、许春夏主编。收录了双木、袁行安、施瑞涛、卢山、北鱼、子禾、许春夏、水原清、浮世、陈健辉、卢文丽、泉子、李郁葱、赵思运的诗歌。地域性与抒情性为其两大特色，诗意蓬勃，诗心静寂。

显然，现代汉诗经过一百年的生长，已然不再单调青涩，而庞杂、深邃、幽远。其精细化程度远超文学史认知。但揭其内幕，良莠不齐。新湖畔诗选的横空出世，让诗还原，继而让以诗歌活动为旗帜的汉诗浮夸者对镜洗面。策划者卢山说："新诗百年之后，是时候拿出一点抒情的勇气了。所幸的是，江南的这片大好湖山，为我们的抒情保留了纯正的诗歌血液。"的确，当代诗歌的创作受到世俗名利及生活表象的裹挟太多，以致媚俗趋利、软弱无骨、鼓噪浮华。在人们把物质说成是唯一的真实存在的时代，诗写的功利性被强化，而精神内在的需求被弱化。这与诗的精神背道而驰。我们在享受科技发展带来便利的同时，也被诸多"混杂元素"所奴役，并无准则地臣服、依赖、上瘾，以致剑走偏锋，把自身献给了祭祀的神坛。至于诗人写诗，自然就成了无根漂木。

"新湖畔"之新，首要在于其"还诗以纯粹"，把人作诗的意义，等同于诗歌意义的本身。凭语言和诗意当先，有切身可感的主体意识，而不是为派别而派别、为旗帜而旗帜。

《新湖畔诗选》以"退让""开放""沉静""自由""纯粹"的姿态，不过分夸大人的主体位置，将人与自然结合。李郁葱、泉子、卢文丽等诗人生于江南，深谙"江南好风景"。正如泉子诗中所说："我是在江南的持续教育，/以及二十年如一日地与西湖朝夕相处中/得以与今日之我相遇的。"（《教育》）此诗至诚，在于人乃自然之子，涵盖了广泛的时空意识。从本质上讲，人的肉身只是客观存在，而人的意义在于时空浓缩。"新湖畔"找到了与"湖畔诗社"的内在联系：智者临水，原来我们在湖畔已行走数百年。

诗人泉子擅长在"疑无路"上做文章，总能找到日常生活的哲学命题。比如："云亭是一把尺子，孤山是一把尺子，/西泠桥是一把尺子，/西泠桥以远的重重叠叠的青山/是一把尺子，/直到它们共同测度与标识出这人世/同时也是一颗心的饱满与静寂。"（《尺子》）前几句的铺陈，为后两句的绽放蓄势。用自然之心度量人世，发现我们"心有湖山气自闲，头顶旷宇意豁然"。这些短诗既是人间顿悟，也是湖山恩赐。诗人只有将身心交于自然，方能感受到湖山的情义。

反观，当代生活之所缺，正是某种通灵的慰藉。声色犬马、红灯绿酒，都市生活的奢靡与低俗，让人心愈发孤独，以致狂躁、无语无眠。面对都市生活的困境，人们究竟是放逐自我、沉溺自我，还是追求更高的精神写意。此处，需要在"恍惚"之中，找到"清醒的自我"。正如梦亦非在评价李郁葱的诗歌时所谈："中国新诗在处理当下日常生活找那个的写作中日趋琐碎，并因为极致的琐碎而陷入某种庸常。诗歌发展到今天，总是有一个指向，这个指向就是一些原初的哲学命题：从琐碎和庸常中走出，找到自己明确的个体位置，也就是我是谁、我从哪里来、我到哪里去的问题。"

其实，梦亦非的这个论断不仅适合李郁葱，同样适合所有诗人。诗人如果在诗中丢失自我，那是一件犯险的事。比如李郁葱写到《良渚之辞》，有强烈的在场意识："一个平常午后的漫步，像它的发掘／而我，偶尔看见这群山，似乎漫步在山麓之间／那些消逝的面容，在停顿和另一个停顿／在云和另一朵云那时间的消融中／事物有他们的秩序：比如我们依水而居／并给予这古老的命名，良渚，美好的水中之洲／在这一日接踵而至的黄昏，当白鹭／把风收束为一缕星光，它们只能有这样倾泻。"（《在遗址》节选）。良渚，美好的水中之洲。如何将这美好的文化写得鲜活而有诗意？李郁葱避开形而上的文化颂歌，择现实小径"平常午后的漫步"，用想象力浓缩时空，既有至理"依水而居"，亦有"黄昏""白鹭""把风收束为一缕星光"的诗意。

每一首诗皆是"词语"的出入。当庸常生活披着自然之风进入诗人的眼帘，会有一种独一无二的美学机制，对其重新组合，进而一首诗脱颖而出。换句话说，请别相信你之所见："我们看到的不是乌鸦／而是它的影子／／我知道／我看到的你黑黑的身体／也不是你。"（赵思运《我一直相信乌鸦是白色的》）诗是逆商，你不仅可以向纵深处掘进，也可以在镜子里找到"南辕之北辙"。赵思运的这首短诗，反制，断裂，打破了惯常思维，形成"渺小身体"与"无限幻想"的对立统一。

　　毋庸置疑，当代汉诗所取得的成就很高，可追世界水平。为反映当下中国的社会人性现状提供可靠的、精准的文学报告，其尊严在于"越自由，越精细"。诗坛虽有不少笑谈，但不可否认，当代汉诗已经进入"纳米技术"阶段，一些潜心于研究的诗人，用精湛的表达，将琐碎又繁复的生活迷宫打开。一百年前的湖畔诗社的抒情，与"新湖畔"的抒情，完全是两个级别。如今的抒情，节制而含蓄，精致且及物，不说字字珠玑，至少是情于词中，不泛滥，不虚妄。且有一批80、90后诗人，他们的抒情剔除了"荷尔蒙"写作的空泛，显得沉稳而有耐心。且看，"湿漉漉的西湖，植物的叶子闪着光／爱人，你初醒的眉上绽放着一座南方／／微风吐露着昨夜的情话／我们相拥着交换彼此的梦境／／杉树从阳台上送来雨水的问候／推开门的是清晨的第一缕阳光／当植物们从雨水里折起藤蔓／爱人，我们的船就缓缓起航"（《卢山《西湖的情诗》其一》）青年诗人卢山的这首诗原名《雨》，收入在他的个人诗集《最后的情欲》，副标题：给 HF。由此可知，诗中的"爱人"，可虚可实。诗人情意绵绵的思绪逢遇江南好湖山，缪斯之神的真诚与美意，择地而栖。这正符合米沃什关于诗歌性别的认知。卢山以其纯粹而精致的抒情，诚邀都市的喧嚣心灵与湖山共享宁静。"初醒的眉上绽放着一座南方"，一语道破了西湖与人心的轻重。山水可轻佻，亦可涵盖生命。"微风"吐"情话"，"杉树"送"雨水"，诸如此类的西湖写意，彰显着三十来岁的情与欲，虽舒缓暧昧，却不甜腻滥觞；虽倾情山水，却不粉饰雕琢。此种抒情特质，决定了"新湖畔"可以更好地进入读者的心灵视野。如果将口语诗比作是"骨瘦如柴"的模特，依靠"闪电"嵌入人间，那么"新湖畔"的抒情则多元丰富、典雅精致得多，它像是一位漫步西湖畔的思想者，行吟山水间，"摆脱先验的诗性，使常识得以显现"。(布罗茨基语)

　　同为赠诗，北鱼在诗作《赠暮小岑》中的抒情，显得更为热切。"我闻到了初雪的味道／源自傍晚的小山坡／余晖中切下的一小片／我相信云朵是最好的邮递员／缓慢而准时，比如一滴雨／寄到断桥上，夏荷会转告正片湖水／有一棵小草，在北方的冬暮／许过一个愿望。只需一夜／南方就为她松开了一小块泥土"此诗从"暮小岑"的名字由来着笔，将"连山积雪入层林，满地樵歌隔暮岑"的意境与"我"的感知互通，进而用"切""寄""转告"等词传达出"情意相通"之味，其抒情节奏可谓"缓慢而准时"。

　　显然，抒情不是退步，泛滥才是硬伤。"新湖畔"的抒情主张，是退守，并非守旧。展望未来，诗歌更应主张人心与自然的真正融合。在物质至上、经济生活轱辘高速轮转的当下，诗人陷入被迫叙事的困境，那么"新湖畔"退守的"不合时宜"，恰恰是超前而真诚的抉择。

　　可喜的是，"新湖畔"集结的诗人中，有数位90后诗人。从双木和袁行安的诗歌中，我们可以看到当代汉诗的现代性生长。他们不再"固化"形而上的哲学思辨，更注重现代生活的双向互动。比如："银色水壶在深色的桌上煮着水，里面传出／坠落的声音，就像我的骨头，失落在山坡上。／／而她在窄小的厨房里洗蔬菜，准备夏季的晚餐。／她的腰不再属于姑娘，像吞下巨大云朵的工作日／／滑向平凡。我们时常讨论天气、价格和老板，／以为生活就是这样：我们向往自由，也困于自由。"（双木《启示》）读此诗，惊艳、惊诧、惊愕、惊天然。"银色水壶""窄小厨房"，描写生活之精细；"煮水""洗蔬菜"，日常场景之再现；"沸水"之中有"我"的沮丧、惶惑、滑落；"她"的腰肢，"吞下巨大云朵的工作日"，亦真亦幻；最后两行的"日常情理"正是现实逼仄的体悟通道。如此启示，何尝不是诗予人间的光呢！再看："电话挂断的瞬间／听觉如入水般停止了／停止。像黑暗中／一只云雀停落／在电话另一端的枝头／枝头沉默，沉默中／我修葺一段持续的声音／我将自己修葺其间／至听觉戏剧消失／这一日，你／不再开口说话／而开放惊喜的声音，在过境后／留下不断膨胀的踪迹。"（袁行安《无题》）袁行安的诗是精密的时钟，亦是精确的"情绪测度仪"。他于无声处做文章，将存在的意义凿出，再现出工业时代的都市生活的"空白带"。

最后，且用许春夏的一首《新湖畔》，窥探"新湖畔"的初衷及未来可能。"大半生最美好的事／就是成了湖畔的一株梧桐树／自己开始喜欢上自己／这才是真正的成功／柳树手脚拼拢／头上雨滴自然垂落了下来／站在暖暖的影子里／保俶塔拆了梯子／湖水不练习五体投地／环绕一圈固然美丽／但还是喜欢被湖水束缚在一起／湖水内管充满灵感／正是一个灵魂的悠然／我坐在人来人往的地方／望着映月三潭／只要一想起这是件美好的事／孤山的雪人就笑喷梅花"（许春夏《新湖畔》）。

诗人立于西子湖畔，看湖水似镜，想到张枣《镜中》的"天人合一"。或许，人是很难在社会中看到自己的真灵魂，毕竟，"趋同"是社会所需。只有向湖水纵深处探寻，才能明晰心灵的概貌。大数据背景下，日益紧密的人际关系紧缩着个性自由的空间，想要活出"真我"，并非易事。现实常让人望而却步，诗人唯有"向自然讨教"，才能找到诗与人的尊严。"湖水不练习五体投地"，不向尘俗献媚，像一棵树那样安静而自在地过着美好的生活，正印证了"开自由之风，向湖山致敬"的诗学主张。"山水自有伟大的教诲""诗歌教会了我谦卑"（泉子语），诸神让位，还归自然，这正是后工业时代的都市生活真正匮乏的诗意，而西湖，又一次给了"新湖畔"抉择的机会。

小论湖畔爱情诗的百年变迁

余 兮

本名余荣军，江西都昌人。西南师范大学中文系毕业，现就职于浙江省桐乡市茅盾中学。在《星星》《诗江南》《重庆青年报》《满分阅读》《语文教学与研究》《阅读与鉴赏》等报纸杂志发表作品百余篇。

西湖柔美多情，是孕育爱情的圣地。白娘子和许仙相会执手的断桥，梁山伯和祝英台同窗读书的万松书院，才情俱佳的奇女子苏小小冲破封建牢笼、追求自由爱情而断魂处的西泠桥，钱塘书生王宣教与少女陶师儿相恋被陶母所阻而双双投湖殉情的双投桥，林和靖梅妻鹤子、冯小青被软禁终至香消玉殒的孤山，落魄书生崔升携妻陈氏贫困守志双双上吊的节义亭，李源和圆泽隔世相会的三生石……西湖的每一寸土地都有相爱者的印迹，既是演绎过动人爱情的遗址，也是感召人去相爱的圣地……

爱情是人类情感中最让人痴迷的一种情感追求和自我选择。"诗缘情"，抒发对爱情的执着与信念、相恋的甜蜜与忧伤、离别的痛苦与决绝……诗歌是最好的载体。

暂且不论和西湖有关的古典爱情诗歌的缠绵悱恻。"长记曾携手处，千树压、西湖寒碧。"（宋代·姜夔《暗香·旧时月色》)。在此以两首现代诗歌为例，试析西湖畔滋养的爱情诗的百年变迁。汪静之创作于1922年的《水一样温柔——赠菜漪》

与卢山创作于2017年的《西湖的情诗（第5节）——给HF》时隔近一百年，两首诗歌都直接写到了"西湖""诗"与"吻"，两首诗歌都是写给自己的爱人，两位诗人都是安徽人，且两首诗都是在杭州诞生的爱情诗……汪静之，1902年出生于安徽绩溪。卢山，1987年出生于安徽宿州。

从这两首诗歌的比较中，推而广之，从意象选择、抒情方式、题材宽度等方面试做一次简单的比较。

一、意象选择：公共意象与个人意象

汪静之读了九年私塾，12岁开始学写旧体诗。汪静之的爱情诗是从古诗的积蓄中开出的新诗花朵，他的诗歌中意象的选择不少脱胎于古典意象。

如山与水："山是亲昵地抚着水，／水是亲昵地拍着山。"（《山与水的亲昵——赠菉漪》）

鸟与鱼："鸟儿在树上宛转地歌唱，／鱼儿在水里相思。／我是鱼儿你是鸟，／树上水里两相望，／只是永无携手时！"（《我是鱼儿你是鸟——赠珮声》）

箫声："何等悠扬的箫声呵！／我底心呀！／你和箫声化合着，／去缠绕着你所爱的人儿罢。"（《箫声——赠菉漪》）

月光："我缓步在月光里，／思念着我所恋的人。／玉洁的月呵！／你为何不照出她底影？"（《月夜——回忆，赠菉漪》）

蕙花与蝴蝶："蕙花深锁在花园，／满怀着幽怨。／幽香潜出了园外。／园外的蝴蝶，／在蕙花风里陶醉。"（《蕙的风——回忆H》）

荷叶与露珠："碧绿的荷叶，／捧托着一滴晶莹的露珠。／洁净的露珠银样地光明，／荷叶忠诚地爱护。"(《荷叶上一滴露珠——忆 H》)

古典诗歌的意象具有公共的关系，"象"与"意"对应的象征关系得到了公认。汪静之的诗歌意象大多脱胎于古典意象。而卢山的诗歌意象具有一定的个人性，"象"与"意"的关系在诗歌的整体意境中发生关联，具有一定的独创性。

卢山的诗歌意象善于取材于现代细节化的日常生活，能将反映出时代特色的物象纳入诗歌之中。在卢山的诗歌意向群里有些意象有模糊性，不够具体，而是一个整体的概念，如植物、昆虫、树林、花瓣……另一些意象有鲜明的时代特征，如回车键、二维码……

植物："湿漉漉的西湖，植物的叶子闪着光／爱人，你初醒的眉上绽放着一座南方。"(《西湖的情诗·1》)

雨水："爱人，并没有雨水遮断通向明天的睡眠／我苦涩的枝干上缠绕着你白色的花瓣"(《西湖的情诗·2》)

汽车的灯光："汽车的灯光照耀着我们／照耀着我们身后洁白的雪"(《西湖的情诗·3》)

回车键："在湖畔，我们席地而坐／夕阳用硕大的回车键／敲击着我们脊背上的光阴"(《西湖的情诗·4》)

二维码："暮色里，湖面升起几盏灯火／这些生命里的行走和劳绩／便是我们生活的二维码／其中包含着余生的疲惫和闪光"(《西湖的情诗·4》)

谈判与结盟："在一个时辰完成历史性的重逢／人类史上

任何一次功炳千秋的谈判／都比不上这两个青年生命中的一次结盟／十月十日的晨风浮动着这座山林／湖面上跳跃着那些来自人间的光和大地上的事情"（《西湖的情诗·9》）

二、抒情方式：热烈呼告与内敛倾诉

汪静之的家境富裕，有两个姐姐三个妹妹，他是家里唯一的男孩，在过分宠爱里娇生惯养，读了九年私塾，十二岁开始写旧体诗，十七岁时读到《新青年》，受新文化运动的精神感召，决定不再写旧体诗，开始用一种革命精神写白话新诗。

十八岁时，在佩声的邀约下，1920年8月，汪静之和佩声的丈夫胡昭万来到杭州读书，当时汪静之恋着佩声，佩声是汪静之指腹为婚的未婚妻（12岁时病死）的姑母，为了转移汪静之的视线，佩声多次邀同学和汪静之同游西湖，给汪静之介绍女朋友。带着对自由的向往，对爱的追寻，汪静之释放自己的青春和激情。有四位女性为汪静之的《蕙的风》中的爱情诗歌创作提供了素材和灵感：曹佩声、丁德桢（被曹佩声介绍给汪静之）、傅慧贞（和汪静之有过短暂的恋情）、符竹因（后来成为汪静之的妻子）。

汪静之的爱情诗歌的创作得到了"五四"文坛三大名家——鲁迅、胡适、周作人——的赞赏。鲁迅评《蕙的风》："情感自然流露，天真而清新。"胡适评汪静之的诗："他的诗歌有时有稚气，然而可爱呵，稚气的新鲜风味！"

六十多年后，汪静之在谈到《蕙的风》时说："因为受五四运动的教化，所以我敢敌视封建礼教，藐视庸俗社会，写

情诗时不知不觉地有向封建社会宣战的气概，有向庸俗社会示威的态度。"（1984年5月4日《文汇报》）

一个富家子弟初次闯荡世界，他的诗歌才情就顺应了时代，还得到了佳人的回应、名家的赞赏、世人的认可，因此汪静之的诗歌率真、热烈、多情，正如葉漪给《蕙之风》的题词"放情地唱呵"。

"我羡慕水中的鱼儿，／两两双双地，多美！／我愿和你变成一对比目鱼，／一江泪都会变成甜水！"（《一江泪》）

"可爱的星光，／就是意中人的眼睛，／她眼里那爱的光，／永远印在我底心。"（《星——赠葉漪》）

"我那次爱情关不住，／就写封爱的结晶的信给她。／但我不敢寄去，／怕接信的是她底爹妈。／不过由我底左眼寄给右眼，／这右眼就代替了她。"（《月夜——回忆，赠葉漪》）

"我不敢去看你，你怕人指责，你害羞胆怯；我叫我的魂今夜梦中去看你，请你预备在梦中迎接。"（《梦中相会——赠葉漪》）

卢山出生于中国改革开放的新时代，大学中文系硕士毕业，阅读过不少经典诗歌，有一定的现代诗歌修养和创作体验。作为海子的安徽老乡，卢山写于中学时期的《海子·诗人》中将海子称为"我的王"。卢山甚至还专门前往海子的故乡安庆"朝圣"。他的早期的诗弥漫着海子式的声调、气味、意象、情绪，这似乎是每一个青春期写作的诗人共同的经历。卢山在成都读了四年大学，他的诗歌也受到四川文化，特别是莽汉主义诗歌的影响——粗俗、纵情、夸张、愤慨，夹杂着批判、反讽。卢山喜欢民谣，曾花精力练习吉他，偶尔登场表演。他的有些诗歌也感染了民谣的抒情性和批判性。在成都大学毕业之后，来到南京读研究生，随后在杭州工作。

不同地域文化的滋养，变革时代的生活体验，以及诗人自身对诗歌的历练与创作，诗人的情感更真挚、题材更丰富、语言更有张力，以内敛的方式抒发，低低地吟唱触及灵魂的抒情诗。

如《西湖的情诗》中的诗句里的"缓缓""搁浅""疲倦"。节奏舒缓、语调低沉、情感熨帖。

"当植物们从雨水里折起藤蔓／爱人，我们的船就缓缓起航"

"你少女的心事还搁浅在西湖的暗礁／我三十而立的航船已经驶入遥远的大海"

"这世界变化万千，大河奔流／爱情引我走向你的身边／晨曦日落，我只愿和你分享／这平凡生活里的疲倦"。

三、题材宽度：爱情之爱与生活之爱

当时年仅二十岁的汪静之出版的诗集《蕙之风》，成为中国现代文学史上第一本爱情诗集。汪静之的爱情诗侧重于抒写相爱的喜悦、思念的痛苦及对旧礼教旧束缚的反抗……主题紧紧围绕着爱情之爱展开。

相爱的甜蜜："琴声恋着红叶，／亲了个永久甜蜜的嘴，／吻得红叶脸红羞怯。他俩心心相许，／情愿做终身伴侣。"（《恋爱的甜蜜——赠菉漪》）

思念的痛苦："你为甚到处出现？／你为甚东躲西闪？／

你为甚只给我看见幻影，／不给我捉住，真个会面？"（《处处都有你——赠蒽漪》）

直抒胸臆，反抗旧礼教的战歌：

"贞女坊，节妇坊，烈妇坊——／石牌坊上全是泪斑——／含恨地站着，诉苦诉怨：她们受了礼教的欺骗。"（《贞节坊》）

"她的情丝和我的，／织成快乐的帐幕一套，／把它当遮拦，／谢绝丑恶人间的苦恼。"（《谢绝——赠蒽漪》）

"我要饱尝光华的曙色，／谁能把我禁止？／我要高歌人生进行曲，／谁能把我压制？／我要推翻一切，打破旧世界，／谁要阻挡我，万不行！／我要怎样想就怎样想，／谁要范围我，断不成！"（《自由》）

"哪怕礼教的圈怎样套得紧，／不羁的爱情／总不会规规矩矩被捆绑。"（《礼教》）

新时代的爱情生活充满了迷惘、诱惑、欲望，甚至背叛。卢山的爱情诗写到了爱情与生活的方方面面，在一首诗歌里完成了爱情生活的起承转合，题材上丰富而立体。卢山的《西湖的情书》共有九节，从内容上大概分别写了：1. 爱之序幕2. 爱之生活3. 爱之回家4. 爱之约会5. 爱之回忆6. 爱之嫉妒7. 爱之重逢8. 爱之事故9. 爱之婚约……

汪静之的爱情诗以饱满的激情、借鉴古典影响抒发了对旧礼教的控诉，对自由爱情的追求。而新时代诗人卢山的诗歌则饱含着对看似平凡的爱情生活的细细品味，爱情似乎已经缺失了崇高的要素，因为爱情不再是需要奋不顾身地与时代抗争而得到的爱神的赏赐。爱情不再是个人与时代的抗争，而更多地表现为物质与精神的纠葛，人人之间的矛盾。如果能梳理好爱情与生活的关系，爱情就从属于生活，爱情与生活便水乳交融了。

> "再次沐浴到阳光，真好，冬日的阳台上
> 晾晒着妻子的毛衣。晚风摇曳着她的影子
> 我仿佛重新品尝了活着的味道。
> 我刚刚从疾病的修道院里毕业，
> 拿到了一张关于人情世故的哲学学位证。"

——卢山《在尘世》

附录：

水一样温柔

——赠菉漪

汪静之

西湖水一样温柔的你，
你的丰韵是梅花般秀气。
我说不出你多么可爱，
世上没有什么能够形容你。

我在接吻你赠我的诗，
你赠诗给我，十分感激！
你诗中送我的情爱，
醉得我醉醺醺地。

1922年4月9日

西湖的情诗（第5节）

——给HF

卢山

在黄昏的雨滴落下之前

我正在写一首给你的诗

此刻，万物静默，华灯初上

亲爱的，这一年来的山水

我们小心翼翼地保存

日记本里写满了马塍路这一带的

鸟鸣、晨曦和公交站牌

西湖的波浪曾打湿

一对恋人疲倦的裤脚

我们每一次的注视，都催促植物们

向着黑夜更多的生长

九里松的山林都认识我们

当我们拥抱亲吻，

草地上的小蘑菇发出清脆的尖叫

多么美好的遇见啊，当我们风华正茂

从一个陌生人走向另一个陌生人
然后完成一个共同的人生
这世界变化万千，大河奔流
爱情引我走向你的身边
晨曦日落，我只愿和你分享
这平凡生活里的疲倦